Dieses Buch gehört:

....

....

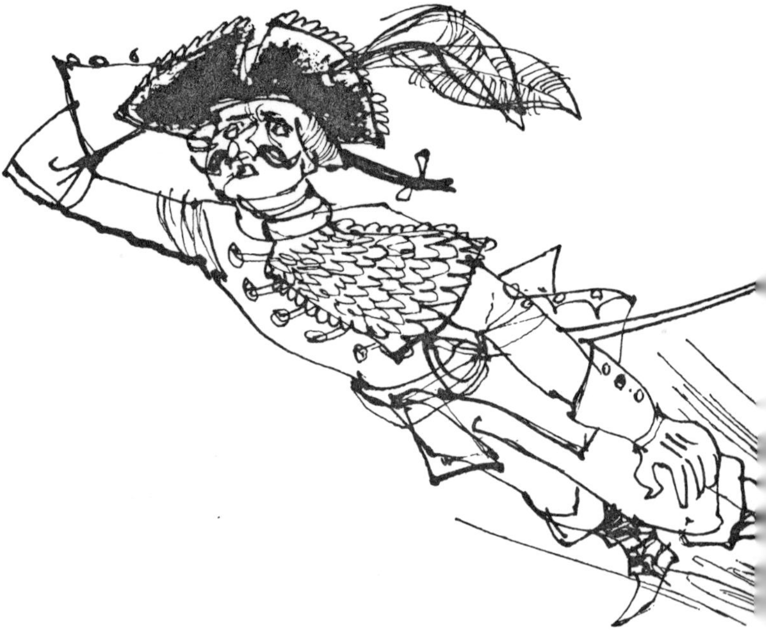

GOTTFRIED AUGUST BÜRGER

MÜNCHHAUSEN

WUNDERBARE REISEN UND LUSTIGE ABENTEUER

TOSA VERLAG

Im Auftrag hergestellte Sonderausgabe

Für die Jugend neu bearbeitet von Gerhard Aick
Umschlag von Johann Plank
Zeichnungen von Ulrik Schramm
Printed in Austria

I Die Reise nach Rußland

Das Pferd auf dem Kirchdach

Ich trat meine Reise nach Rußland aus gutem Grund mitten im Winter an. Ganz richtig schloß ich, daß Frost und Schnee die elenden Straßen im nördlichen Deutschland, in Polen und Kurland nur verbessern könnten. Darauf spekulieren ja wohl auch die Regierungen in jenen Himmelsstrichen, als sie, fürsorglich wie Regierungen nun einmal sind, die Kosten für die Straßenarbeiten einzusparen begannen. Ich reiste zu Pferde, die bequemste Art zweifellos, sich über Land zu bewegen, wenn es nur gut um Roß und Reiter steht. Man vermeidet so die Gefahr, mit einem der höflichen deutschen Postmeister in die Wolle zu geraten oder von einem durstigen Postillion vor jede Schenke am Wege gezerrt zu werden. Ich trug nur leichte Kleidung, was ich immer peinlicher empfand, je weiter ich gegen Nordosten kam.

Nun stelle man sich vor, wie es bei der grimmigen Kälte einem alten Mann zumute sein mußte, den ich auf einem öden Anger Polens, über den ein schneidender Nordsturm pfiff, fast unbekleidet und hilflos auf dem Boden liegend antraf. Mich dauerte der arme Teufel von ganzer Seele. Ich konnte nicht anders, als vom Pferd zu springen und meinen Reisemantel über ihn zu werfen. Dabei fror mir selbst das Herz im Leibe. Noch ehe ich, wieder im Sattel, dem Pferd die Zügel freigab, hörte ich vom Himmel her eine freundliche Stimme mir zurufen: »Dieses Liebeswerk soll dir nicht unvergolten bleiben, mein Sohn.«

Aufblickend gewahrte ich aber nichts als jagende Wolkenfetzen. So hielt ich mich nicht mehr länger auf und ritt weiter, bis Nacht und Dunkelheit mich überfielen. Nirgends war ein Licht zu sehen, kein Hundegebell verriet mir ein Haus oder Dorf, nichts als eine unendliche Schneefläche dehnte sich vor mir aus. Ich hatte jede Richtung verloren und wußte weder Weg noch Steg. Ich ritt auf gut Glück weiter, irgendwohin, solange ich mich halbwegs im Sattel halten konnte.

Schließlich verspürte ich eine bleierne Müdigkeit in den Gliedern, und ich beendete meine Reise für diesen Tag. Ein glücklicher Zufall ließ mich einen aus dem Schnee herausragenden Baumast entdecken. Denn nun hatte ich etwas, um mein Pferd daran festzubinden. Die entsetzliche Öde und Einsamkeit ringsum legten es mir nahe, zur Sicherheit meine Pistolen unter den Arm zu nehmen. Dann streckte ich mich wohlig im Schnee aus, so, als ob ich mich in ein Daunenbett würfe. Ich tat ein so gesundes Schläflein, daß mir die Augen erst wieder aufgingen, als es bereits lichter Tag war.

Freilich, zunächst glaubte ich noch zu träumen. Um mich sah ich nämlich Häuser, recht ordentlich und schmuck und nicht eine Spur von Schnee auf den Strohdächern. Dann fiel mein Blick auf ein altes, mit einem Kreuz verziertes Tor, und mir ging ein Licht darüber auf, daß ich mitten im Dorfe auf einem Kirchhof lag, und zwar in Wirklichkeit und nicht im Traum. Sogleich hielt ich Ausschau nach meinem Pferd, das ich zunächst nirgends bemerken konnte. Da hörte ich es ober mir wiehern. Ich blickte auf und sah meinen guten Gaul von dem Wetterhahn des Kirchturms herunterhängen. Nun wußte ich endlich, was sich zugetragen hatte. Das Dorf war vollkommen zugeschneit gewesen, doch hatte während der Nacht das Wetter umgeschlagen. Der Schnee schmolz zusammen, und ich sank langsam und sacht zur Erde nieder. Woran ich mein Pferd festgebunden hatte, war nicht, wie ich in der Dunkelheit vermutete, ein Ast oder die Spitze eines Bäumleins gewesen, sondern der Wetterhahn des Kirchturms.

Ich brauchte aber nicht den Küster zu bemühen, um mein Pferd wiederzuerhalten. Ohne mich viel zu besinnen, nahm ich eine von meinen Pistolen, schoß nach dem Halfter, und wohlbehalten landete mein Gaul neben mir. Nun konnte es weitergehn, und in schnellem Trab brachte ich Polen hinter mich.

Der Wolf im Geschirr

In Rußland ist es nicht üblich, im Winter zu Pferde zu reisen. Es ist aber immer mein Grundsatz gewesen, mich den Sitten des Landes anzupassen, in dem ich mich gerade aufhalte, und so besorgte ich mir einen kleinen Rennschlitten, spannte mein Pferd davor, und fort ging es, auf Petersburg zu.

Die Provinzen des Zarenreiches flogen nur so vorbei, und so weiß ich nicht mehr, ob es in Estland oder in Lettland war, wo ich meinen Weg durch einen dunklen, dräuenden Wald nehmen mußte, der schier kein Ende nehmen wollte.

Da geschah es, daß ich einen riesigen Wolf, von dem gefräßigsten Winterhunger zu entsetzlicher Schnelligkeit angespornt, hinter mir herhetzen sah. Er holte mich auch bald ein. Ein Entrinnen war schlechterdings unmöglich, nicht einmal die Pistolen bekam ich aus ihren Taschen frei. So warf ich mich flach auf den Boden des Schlittens und überließ meinem Pferd alles Weitere. Wie sich bald zeigen sollte, zu meinem nicht geringen Nutzen. Was ich mir mit blitzschnellem Gedanken zurecht-

gelegt, aber kaum zu erhoffen gewagt hatte, das ereignete sich nun wirklich.

Der Wolf sprang mit einem mächtigen Satz über den Schlitten hinweg, denn meine menschliche Wenigkeit kümmerte ihn wenig. Da war mein Pferd schon ein anderer und größerer Brocken. Mit wütender Gier biß er sich am Hinterteil des Tieres fest und begann seine fürchterliche Mahlzeit. Ich hörte das Knirschen der Knochen des Pferdes und das Schmatzen der Bestie. Vorsichtig hob ich meinen Kopf über den Schlittenrand, um zu erspähen, was da vorginge. Ich gewahrte, daß die Bestie sich in den Leib des Gaules hineinfraß; die Hälfte mochte sie schon aufgefuttert haben. Doch schnell wußte ich den Heißhunger

Meister Isegrims für mich zu nützen. Ich bemerkte nämlich, daß er sich derart fest in die Haut des Pferdes hineingezwängt hatte, daß er nicht so leicht würde aus ihr wieder herausfahren können. Ich erkannte die Chance, die mir zugespielt wurde, nahm die Peitsche und gerbte dem Wolf das Fell. Dem blieb, von den sausenden Hieben bedrängt und außerstande, seinem Gefängnis zu entkommen, nichts anderes übrig, als die Flucht nach vorn anzutreten. Er fraß das Innere des Gauls so vollkommen aus, daß dessen Haut zu einem Futteral meines Meisters Isegrim

wurde. Wie er aber sein Werk vollendet und bei den Nüstern des Gauls angekommen war, fielen dessen Überreste ab, und an seiner Statt steckte nun der Wolf im Geschirr. Ich hörte nicht auf zu peitschen, und immer flotter wurde die Fahrt, denn ihr könnt mir glauben, ein Wolf ist ein besserer Renner als ein Roß.

In vollem Galopp langten wir in kürzester Frist in Petersburg an. Die Leute auf den Straßen staunten nicht wenig über den Wolf im Geschirr, und wo ich hinkam, gab es einen richtigen Volksauflauf mit viel Lachen und Gekreisch.

Das Feuerwerk auf dem Kopf des Generals

Petersburg ist eine prächtige Stadt, und da sie die Ehre genießt, den Zarenhof in ihren Mauern zu beherbergen, steckt sie voll Lustbarkeit. Eine nette Art haben die Leute hier, einen Gast zu begrüßen. Sie küssen ihn auf die Wange und reichen ihm einen Becher voll Wodka. Ich beabsichtige nicht, mich bei gesellschaftlichen Langweiligkeiten aufzuhalten, und wende mich lieber Erlebnissen mit Pferden und Hunden zu, denen ich stets ein guter Freund gewesen bin, ferner auch meinen Begegnungen mit Wölfen, Füchsen und Bären, von welchem Wild Rußland einen Überfluß besitzt wie keine andere Gegend der Erde.

Aber weil ich eben von dem landesüblichen Empfang des Gastes mit einem Becher Schnaps berichtete, möchte ich doch noch bemerken, daß die Leute hier wahre Virtuosen im Genuß geistiger Getränke sind. Da bis zu meiner Einstellung in die Armee einige Monate vergingen, hatte ich Muße, meine Nächte beim Spiel und beim Klange voller Gläser zu durchjubeln. Ich bekenne offen, so großer Trinkfestigkeit wie in diesem Land in meiner Heimat noch nie begegnet zu sein.

Doch so große Künstler im Umgang mit geistigen Getränken sie hier auch alle sein mochten, Stümper waren sie dennoch gegen den alten General, mit dem ich öfter in einem öffentlichen Lokal an einem Tisch speiste. Ein grauer Spitzbart umrahmte ein kupferrotes Gesicht, aus dem der Glanz unzähliger Bouteillen strahlte, denen er im Lauf eines langen und ruhmreichen Lebens den Hals gebrochen hatte. Er behielt während der Mahlzeit stets den Hut auf dem Kopf und entschuldigte sich für den Fauxpas treuherzig damit, daß ihm die Schädeldecke fehle. Im letzten Türkenkrieg habe ein zudringlicher Muselmann sie ihm bei einem Gefecht heruntergesäbelt, ohne freilich verhindern zu können, daß die Ehre des Sieges an den Doppeladler des Zaren ging. Während des Essens bereits pflegte der Wackere mehrere Flaschen Weinbrands zu leeren, um dann mit einer Bouteille Arak die Mahlzeit zu beschließen. Als Nachtisch genehmigte er sich eine Karaffe Rum und begann schließlich die ganze Reihe wieder von vorne. Nicht ein einziges Mal habe ich dabei auch nur eine Spur von Trunkenheit an ihm wahrnehmen können.

Dem Baron Münchhausen war nicht entgangen, daß die Augen seiner Zuhörer Verwunderung und Zweifel ausdrückten, denn als Männer von Stand, geübt mit Flinte und Flasche, hatten sie einigermaßen Erfahrung mit standfesten Zechern, aber derlei gewaltige Proben von Trinkkraft waren ihnen noch niemals untergekommen. So fuhr denn der Baron fort:

Ich merke, daß mein Bericht ihren Glauben übersteigt, meine Herren. Ich kann ihre Zweifel verstehen, denn offen gestanden, auch ich hatte den Eindruck, daß es hier nicht mit natürlichen Dingen zuging oder daß der General sich eines Vorteils bediente, der mir zunächst verborgen blieb. Schließlich fand ich den Schlüssel des Geheimnisses. Der General pflegte von Zeit zu Zeit seinen Hut etwas zu lüften. Das fiel mir anfangs nicht weiter auf, ich fand es nur natürlich, daß ihm von der zweiten Flasche an warm wurde und er das Bedürfnis spürte, seiner mit Schweißperlen bedeckten Stirn Kühlung zuzuführen.

Einmal aber bemerkte ich, daß er mit seinem Hut zugleich auch eine silberne Platte aufhob, die an diesem befestigt war. Die Platte diente ihm, wie ich sogleich erkannte, als Ersatz für den oberen Teil seiner Hirnschale, und ich bewunderte die Kunst der Ärzte, die ihm diesen Ersatz so trefflich angepaßt hatten. Ich beobachtete ihn nun schärfer und konnte sehen, daß, sobald er den Hut lüftete, sich der Dunst der geistigen Getränke in einer leichten Wolke in die Höhe kräuselte.

Nun war das Rätsel gelöst. Ich erzählte davon ein paar guten Freunden, und als diese Miene machten, mich der Lüge zu zeihen, erbot ich mich, ihnen die Wahrheit meines Berichtes durch einen Versuch besonderer Art zu erhärten.

Wir tafelten also eines abends wieder einmal, und viele wundersame Geschichten von Krieg und Jagd machten die Runde. So beiläufig trat ich während des Umtrunks mit einer Pfeife hinter den General. Wie er nun den Hut lüftete, zündete ich mit dem Fidibus, den ich eben zum Anstecken meines Knasters verwendet hatte, die aus dem Gehirn des alten Herrn aufsteigenden Dünste an. Wir erlebten ein schönes Schauspiel. Die Wolkensäule über dem Kopf unseres Helden verwandelte sich in eine Feuersäule, und derjenige Teil der Dünste, der sich um Stirn und Haar niederschlug, erglühte in bläulichem Licht wie der Heiligenschein, der das Haupt unserer großen Helden umfließt. Natürlich bemerkte der General schließlich mein Experiment. Er war aber keineswegs ungehalten, ja im Gegenteil, er erlaubte mir sogar, es zu wiederholen, weil er merkte, daß ihm dieses ein erhöhtes Ansehen gab.

Wie man Enten und Hühner am besten schießt

Wir trieben noch mancherlei Kurzweil in unserer Tafelrunde, aber nichts, was einer besonderen Erwähnung wert wäre. Vielmehr möchte ich mich jetzt einigen Jagderlebnissen zuwenden, die mir merkwürdig und einer Wiedergabe würdig erscheinen. Ich bin, wie ich bemerken darf, überall ein gern gesehener Gast, aber am liebsten kehre ich bei Freunden ein, die als Liebhaber des edlen Weidwerks weite Waldreviere ihr eigen nennen.

So hielt ich es auch bei meinem Aufenthalt in Rußland. Und ich muß gestehen, daß der köstliche Zeitvertreib, den mir die Jagd bietet, und mehr noch das außerordentliche Glück, das jedes meiner Abenteuer und Streiche begleitete, mir in der angenehmsten Erinnerung stehen.

Ich vertauschte also mein Zimmer in Petersburg mit einem Schloß auf dem Lande, von Wäldern und Seen umgeben, die denkbar günstigste Stätte war, der Jagdlust zu frönen. Gelegenheit dazu bot sich mir schon am ersten Morgen meines denkwürdigen Aufenthalts in jener Gegend, und zwar brauchte ich sie nicht erst aufzusuchen, sie präsentierte sich mir sofort nach dem Aufstehen und vor dem Fenster meines Schlafgemachs. Dort breitete sich nämlich ein großer Teich aus, den ich, mir noch den Schlummer aus den Augen reibend, förmlich überdeckt mit wilden Enten sah. Flugs warf ich mir einen Morgenmantel über, nahm mein Gewehr, das ich in einem Winkel des Zimmers abgestellt hatte, und stürzte Hals über Kopf die Treppe hinunter. In meiner Hast rammte ich mit meinem Kopf einen Türpfosten, Sternchen begannen mir vor den Augen zu tanzen, und ich merkte, daß sie Feuerfunken gleich unter meinen Brauen herausstoben. Aber ich spürte in meiner Jagdleidenschaft keinen Schmerz und ließ mich von dem Zwischenfall nicht weiter aufhalten.

Am Ufer des Teiches angekommen, legte ich die Flinte an die Backe, drückte ab, aber der Schuß ging nicht los. Der Zusammenstoß mit dem Türstock war so heftig gewesen, daß, wie ich jetzt merkte, sogar noch der Feuerstein aus dem Gewehrschloß herausgesprungen war.

Was tun? Viel Zeit war nicht zu verlieren. Da fiel mir zum Glück ein, was sich eben mit meinen Augen zugetragen hatte. Ich riß die Pfanne auf, schüttete neues Pulver darauf, legte die Büchse gegen das Wassergeflügel an und statt Rad und Zündstein zu betätigen, schlug ich mit der Faust auf das linke, nicht von der Visierung über Kimme und Korn beanspruchte Auge. Feuerfunken sprühten mir unter den Brauen hervor, und es waren ihrer genug, um das Pulver zu entzünden. Der Schuß ging los, und ich erlegte mit einer einzigen Schrotladung fünf Paar Enten und ein Paar Wasserhühner, das sich unter den Entenflug gemischt hatte.

Geistesgegenwart ist alles, meine Herren! Sie rettet Soldaten und Seeleuten das Leben, und sie verschafft dem Weidmann eine gute Strecke.

Von meiner Geistesgegenwart kann ich noch ein anderes schönes Pröbchen vermelden. Bei einem Streifzug durch Felder und Wälder geriet ich an einen See, auf dem ein gutes Dutzend Enten umherschwamm. Aber sie waren so weit zerstreut, daß ich sie nicht auf einen Schuß erlegen konnte, wie mir dies am ersten Morgen meines Aufenthalts geglückt war. Ich hatte aber meinen letzten Schuß in der Flinte. Zu alledem erwartete ich noch für diesen Abend die Petersburger Freunde als Gäste, die ich auf ein fröhliches Mahl gebeten hatte. Was hätte ich ihnen Köstlicheres vorsetzen können als Wildentenbraten?

In meiner Not besann ich mich auf ein Stückchen Schinkenspeck, das sich, von meinem Mundvorrat noch übriggeblieben, in meiner Jagdtasche befand. Dies befestigte ich an einer Hundeleine, die ich ausdrehte und so noch mindestens um das Vierfache verlängerte. Nun verbarg ich mich im Uferschilf und warf meinen Speckbrocken aus. Zu meinem Entzücken sah ich eine der Enten sogleich hurtig herbeirudern. Gierig verschlang sie das Speckstück. Der ersten folgten bald alle übrigen nach, und da der von vieler Schwarte harte Brocken samt dem Faden, an dem er hing, bald wieder unverdaut hinten herauskam, verschlang ihn die nächste, die dort schon wartete, und so immer weiter. Kurz, der

Brocken machte seine Reise durch alle Enten hindurch, ohne daß die Leine riß, und die Enten waren also an ihr aufgefädelt wie die Perlen auf der Schnur. Ich zog die allerliebste Kette mit innigem Behagen über das Gelingen meines Einfalls ans Land und schlang sie mir ein halbes dutzendmal um Schulter und Leib.

So machte ich mich fröhlich auf den Heimweg. Doch verwandelte sich meine gute Laune bald in schwitzende Unlust. Da nämlich der See, auf dem ich so schöne Beute gemacht hatte, von dem Schloß recht weit entfernt lag, begann mir die Last der Enten recht beschwerlich zu werden. Schon bereute ich, so viele gefangen zu haben, als mir ein seltsamer Vorfall, der mich anfangs in nicht geringes Erstaunen versetzte, zu Hilfe kam. Ich hatte das Geflügel für tot gehalten, als ich es mir um den Leib schlang, in Wahrheit hatte den Schwimmvögeln aber der Durchgang des Brockens nichts anzuhaben vermocht, und sie waren nur vom Schreck betäubt gewesen. Als sie sich nun von der ersten Bestürzung erholten, fingen sie gar mächtig mit den Flügeln zu schlagen an und zogen mich mit sich hoch in die Lüfte. Da wäre nun wohl bei manchem guter Rat teuer gewesen. Ich aber verstand die peinliche Lage flugs in meinen Vorteil zu verwandeln. Die Schöße meines Jagdrocks als Ruder und Steuer gebrauchend, lenkte ich das Luftgespann genau nach dem Schlosse hin.

Bald sah ich meine Wohnung unter mir auftauchen. Nun galt es noch, die Landung zu meistern. Das erwies sich als gar nicht so schwierig. Ich drückte einer Ente nach der andern den Kopf ein und sank in dem Maß, als meine Auftriebskraft schwächer und schwächer wurde, sachte zur Erde hernieder und gelangte just über dem Schornstein meiner Behausung wieder in Berührung mit den irdischen Gefilden. Ich fuhr durch den Kamin hinab, und genau auf den Küchenherd, in dem Gott sei Dank noch kein Feuer brannte; so endete meine Luftreise. Den Schrecken des Kochs kann man sich vorstellen.

Das Erlebnis mit den Enten war für mich sehr lehrreich, und ich hatte bald Gelegenheit, aus meinen Erfahrungen neuen Nutzen zu ziehen. Ich war ausgegangen, um eine neue Flinte zu erproben, und hatte mir nur einen kleinen Vorrat Schrot mitgenommen. Als ich eben die letzte Ladung verschossen hatte, stieg vor meinen Füßen aus einem Gelände, wo ich es nie vermutet hätte, eine Kette Hühner auf. Der Wunsch, einige von ihnen abends auf meinem Tisch zu sehen, brachte mich auf den Einfall, mein Manöver vom See in einer der neuen Lage angepaßten Form zu wiederholen. Sobald ich gesehen hatte, wo sich die Hühner niederließen, tat ich schnell Pulver auf die Pfanne und setzte statt des Schrots einen Ladestock in den Lauf, den ich vorher, so schnell sich das bewerkstelligen ließ, entsprechend zugespitzt hatte. Nun ging ich auf die Hühner zu und drückte ab, sowie sie aufflogen. Ich traf gut, und mein Geschoß fädelte nacheinander sieben Stück auf, die sich wohl wundern mochten, sich so früh am Spieß vereinigt zu sehen. Man muß sich eben zu helfen wissen.

Umgang mit Füchsen und Wildschweinen

Ein andermal erschien es mir wieder aus einem anderen Grunde geraten, statt einer Ladung gehackten Bleis mich der neuartigen Munition zu bedienen, nur nahm ich diesmal nicht den Ladestock, sondern einen mächtigen Nagel, wie man ihn zum Zusammenschlagen der Bretter beim Hausbau benützt. Ich war nämlich auf einen Fuchs gestoßen, der in einem so kostbaren Pelzwämslein steckte, wie mir noch keines untergekommen. Meister Reineke schnürte dicht bei einem Baum vorbei. Mit einem wohlgezielten Treffer nagelte ich die Lunte des Bürschleins

an den Stamm und schlug alsdann mit meiner Peitsche den Fuchs aus seinem Pelz heraus, nachdem ich ihm mit einem Kreuzschnitt in die Schnauze einen Weg geöffnet hatte. Auf diese Weise gelang es mir, das kostbare Fell unverletzt zu erbeuten, indes Herr Reineke nun freilich nackend durch die Wälder schleichen muß.

Es könnte den Anschein haben, als ob ich allezeit ins Schwarze träfe, aber das zu behaupten, wäre übertrieben. Auch dem Meister unterläuft bisweilen ein Fehler, doch haben Zufall und Glück diesen meist wiedergutgemacht. Davon erlebte ich das schönste Beispiel, als ich auf Pirsch einen Frischling und eine Bache dicht hintereinander einhertraben sah. Meine Kugel fehlte. Gleichwohl blieb die Bache stehen, als ob sie am Boden festgenagelt wäre, indes der Frischling munter weiterlief. Ich näherte mich der wilden Muttersau, doch das Tier machte keine Bewegung. Ich konnte also die Sache in aller Ruhe untersuchen und stellte zu meinem Erstaunen fest, daß die Bache blind war. Sie half sich in der Weise, daß sie ihres Sprößlings Schwänzlein in den Rüssel nahm, um von ihm aus kindlicher Pflicht geleitet zu werden. Meine Kugel hatte aber just diese Leitschnur zerrissen, und ihr Ende hielt die Bache noch immer kauend in der Schnauze. Ich ergriff den Rest des Ringelschwänzleins und geleitete das alte, hilflose Tier ohne Widerstand und mühelos nach Hause.

So ungemütlich Bachen werden können, ihre Wildheit ist nichts gegen die der Keiler, die ungleich gefährlicher sind als ihre Gefährtinnen. Überraschte mich da so ein grausamer Bursche gerade in einem Augenblick, als ich auf seinen Angriff nicht gefaßt war und mir also zur Verteidigung keine Zeit mehr blieb. Mit genauer Not gelang es mir, gerade noch hinter einen Baum zu springen. Doch fast zugleich hatte mir die Bestie einen Seitenhieb ihrer mächtigen Hauer zugedacht, der ihr jetzt freilich schlecht bekam. In seiner Wut rannte der Eber seine Stoßzähne so tief in den Stamm hinein, daß er sie trotz allen Tobens und Zerrens nicht sogleich wieder herauszuziehen vermochte. Holla, Bursche! dachte ich, nun werden wir dich wohl bald kriegen!

Ich ergriff einen Stein und hämmerte damit auf die Hauer los und nietete sie schließlich so fest in den Stamm, daß es dem Keiler vollkommen unmöglich wurde, sich aus eigener Kraft zu befreien. In aller Ruhe holte ich dann aus dem nächsten Dorf einen Karren und Stricke herbei So brachte ich die Beute schließlich lebendig und wohlbehalten nach Hause.

Der Hirsch mit dem Kirschbaumgeweih

Da ich nun schon bei meinen Jagderlebnissen bin, will ich nicht nur von den Vorfällen in russischen Wäldern berichten, sondern auch ein paar höchst bemerkenswerte Geschichten einflechten, die sich in anderen Ländern und zu anderer Zeit ereignet haben. Es sei mir erst ein kurzer Streifzug nach meiner Heimat erlaubt, nach den niederdeutschen Forsten, wo vor urdenklich vielen Jahren einst Sankt Hubertus der Hirsch erschien, der das heilige Kreuz zwischen dem Geweih trug, schwerelos, nur aus himmlischen Strahlen geformt. Nun, so auserwählt war ich nicht wie der Schutzpatron der Weidmänner, und der Anblick des kreuztragenden Hirsches blieb mir versagt. Doch war es mir gestattet, einen gewöhnlichen Hirsch sozusagen in einen Kreuzhirsch zu verwandeln, und ich bin gewiß, daß der Herrgott, der seine Freude auch an menschlichen Späßen hat, es mir nicht übelnimmt, wenn ich kühn dieses Wort für eine recht irdische Sache verwende.

Einst, als ich wieder einmal alles Blei verschossen hatte, stand wie aus dem Boden gewachsen der stattlichste Hirsch der Welt vor mir. Er blickte mich zutraulich, ja fast möchte ich sagen etwas spöttisch an und schien zu ahnen, daß mein Kugelbeutel leer war. Doch hatte er offenbar nicht mit meiner Erfindungsgabe gerechnet. In meiner Provianttasche befand sich noch eine Handvoll Kirschen, die ich schnell entkernte. Mit den Kirschsteinen lud ich dann rasch meine Flinte, und etwas Pulver fand sich noch in meinem Pulverhorn. Ich setzte dem mächtigen König des Waldes die Kirschkernladung mit sicherem Schuß mitten auf die Stirn, gerade zwischen das Geweih. Der Schuß betäubte ihn zwar, er taumelte, vermochte sich aber doch noch aus dem Staube zu machen, ehe ich ihn erreichte, um ihm den Fangstoß zu geben.

Ein oder zwei Jahre später durchpirschte ich denselben Wald, und

wer beschreibt mein Erstaunen, als mir ein Hirsch gegenübertrat, der einen ausgewachsenen Kirschbaum, gut zehn Fuß hoch, zwischen dem Geweih trug. Ich erinnerte mich meines Abenteuers, und noch niemals habe ich eine Beute so mit Recht als mir allein gehörig betrachtet wie diese, niemals gab ich mit rechtmäßigerem Gefühl den Schuß ab. Ich erlegte übrigens neben dem Braten gleich die Kirschtunke dazu, denn der Kirschbaum hing voller Früchte, so delikat wie ich noch niemals welche verspeist hatte. Muß ein richtiger Segen auf diesem Wildbret gelegen sein. Ja, die Umstände zwingen einen zu den seltsamsten Auswegen und zeitigen oft die köstlichsten Früchte!

Von einem explodierten Bären, einem Eiszapfen und einem tollen Überrock

Die Not macht freilich erfinderisch. Wenn es »Sein oder Nichtsein« gilt, wie Hamlet, der Dänenprinz, sagt, und ein braver Weidmann kommt nicht selten in diese Lage, dann greift er zu außergewöhnlichen Mitteln und versucht alles, was in seinen Kräften und in seinem Gehirn steckt, um sich aus der Klemme zu ziehen. Ich will ein Beispiel davon anführen und bitte Sie, mir zu diesem Zweck in die polnischen Wälder zu folgen, die an Wildheit, Größe und Gefährlichkeit den russischen nicht nachstehen.

Wieder einmal war nach einem langen Streifzug und großer Beute mein Schießzeug unbenützbar geworden, diesmal, weil sich mein Pulvervorrat erschöpft hatte. Doch befand ich mich schon auf dem Heimweg und machte mir darüber kein Kopfzerbrechen. Rückt mir da nicht ein Bär, ein wahres Ungeheuer seiner Gattung, mit offenem Rachen an den Leib, bereit, mich auf der Stelle zu verschlingen! Umsonst durchsuchte ich in fiebernder Hast meine Taschen, nicht ein Stäubchen Pulver fand sich darin. Nur zwei Zündsteine für das Gewehrschloß fielen mir in die Hand, denn ich pflege bei meinen Streifzügen mit dem Schießen nicht zu sparen, und so ein Flintenschloß ist schnell verbraucht, also scheint es geraten, stets Ersatz bei sich zu tragen. Einen der Feuersteine warf ich nun in den Rachen des Ungeheuers, ganz tief in seinen Schlund hinab, worauf der Bär, erschreckt über solchen Magentrost, linksum kehrtmachte. Da schleuderte ich ihm den anderen Funkensprüher an die Hinterbacken. Und nun begab sich etwas, was wunderbar dünken mag, aber seine Wurzel doch nur in meiner Kraft hat. Ich vermochte den Steinen im Wurf so große Gewalt zu erteilen, daß sie in der Mitte des Bären aufeinandertrafen und sich, aneinander reibend, eine Explosion erzeugten, die Meister Petz unter fürchterlichem Knall auseinanderriß.

Es war überhaupt mein Schicksal, daß die wildesten und gefährlichsten Bestien mich gerade dann angriffen, wenn ich außerstande war, ihnen gehörig die Spitze zu bieten. Ihr Instinkt muß ihnen gleichsam meine Wehrlosigkeit verraten haben. So hatte ich einst den Stein von meiner Flinte abgeschraubt, um ihn zu schärfen, als plötzlich wieder ein schreckliches Ungeheuer von einem Bären gegen mich anbrummte. Alles, was ich tun konnte, war, mich eiligst auf einen Baum zu flüchten, um mich dort zur Verteidigung fertig zu machen. Unglücklicherweise fiel mir während des Hinaufkletterns auch noch das Messer hinunter, das ich zum Wiedereinsetzen des Steins gebraucht hätte. Die Schraube ließ sich nämlich mit bloßen Händen nicht anziehen. Jeden Augenblick konnte der Bär mir nachklettern, es mußte schnell gehandelt werden. Das Experiment, mir Funken aus dem Auge zu schlagen, wollte ich nicht wiederholen, da es mir lang andauernde Schmerzen eingetragen hatte, die noch nicht ganz verschwunden waren. Voll Sehnsucht blickte ich nach dem Messer hinab, das im Schnee steckte, aber von Sehnsucht allein ist noch keiner gerettet worden. Doch mag sie in diesem besonderen Fall doch einiges dazu beigetragen haben, mir einen guten Gedanken einzugeben.

Ich langte nun Schnee von den Ästen, taute ihn zwischen den Händen auf und ließ das Schmelzwasser auf das Heft des Messers tropfen. Bei der großen Kälte gefror es augenblicks, den Griff aus Wisenthorn von allen Seiten umklammernd. Ich setzte meine Arbeit munter fort, denn an Schnee litt ich keinen Mangel. So wuchs denn in großer Schnelligkeit ein zierlicher Eiszapfen bis zu mir herauf, den ich schließlich zu fassen bekam und mit dem ich das Messer wieder an mich brachte. Kaum hatte

ich den Stein festgeschraubt, als Meister Petz mir nachgestiegen kam. Wahrhaftig, dachte ich, er hat den richtigen Zeitpunkt abgepaßt, und begrüßte ihn mit einer so kräftigen Ladung, daß er für ewig das Baumklettern vergaß.

Nicht minder gefährlich war mein Abenteuer mit einem fürchterlichen Wolf, der mir so unversehens an den Leib sprang, daß ich ihm, einem mechanischen Instinkte folgend, meine Faust in den offenen Rachen stieß. Meine Sicherheit verlangte es, Faust und Arm immer tiefer in den

Schlund der Bestie zu versenken, um ihr das Maul zu sperren und sie am Zuschnappen zu hindern. Nun hatte ich endlich meinen Arm bis zur Schulter in das Innere meines Feindes gestoßen, aber was sollte ich weiter tun? Ich kann nicht eben sagen, daß diese Lage gemütlich war. Man stelle sich das nur vor, so dazustehen, Stirn gegen Stirn mit einem Wolf! Aus seinen flammenden Augen konnte ich herausbuchstabieren, daß er nur darauf wartete, bis ich meinen Arm wieder zurückzog, um sich dann mit ganzer Wut auf mich zu stürzen. Doch es gelang mir, Herrn Isegrim gründlich zu überraschen. Ich packte ihn beim Eingeweide, kehrte sein Innerstes nach außen, stülpte ihn also gewissermaßen um wie einen Handschuh, schleuderte ihn dann von mir und ließ ihn so auf dem Boden liegen. Wer ihn fand, konnte sich beglückwünschen, denn er bekam zum erstenmal einen umgekehrten Wolf zu sehen.

Das gleiche Stückchen hätte ich aber nicht wieder mit einem tollen Hund wiederholen mögen, der mir bald darauf in einem engen Gäßchen Petersburgs begegnete und Miene machte, sich näher mit mir zu beschäftigen. »Lauf, was du kannst«, sagte ich zu mir selbst. Um besser fortzukommen, warf ich meinen Überrock weg und rettete mich mit letzter Kraft in mein Haus. Den Rock ließ ich später von einem Bedienten hereinholen und zu den anderen Kleidern in die Garderobe hängen.

Tags darauf erschreckte mich Johann durch ein ängstliches Geschrei: »Herr Baron, Ihr Überrock ist toll geworden.« Ich eilte hinzu und fand alle meine Kleider umhergezerrt und in Stücke gerissen. Eben war der tolle Überrock damit beschäftigt, meinen neuen, schönen Galaanzug in unbarmherziger Weise zu zerfetzen. Damit war dann sein Werk vollendet, und er suchte das Weite.

Von guten Hunden

Ich gestehe es offen, daß bei der Errettung aus all den gefährlichen Situationen, von denen ich bisher berichtete, Glück und Zufall eine gewisse Rolle spielten. Sicher darf ich mir dabei schmeicheln, durch Tapferkeit und Geistesgegenwart dem Zufall dabei auch ein wenig unter die Arme gegriffen und ihn zu meinen Gunsten gelenkt zu haben. Es braucht jeder tüchtige Seemann, Soldat oder Jäger außer seinen Tugenden auch noch einen guten Stern, um zu Erfolg und zu Ehren zu kommen, ich muß mich meines Glückes also durchaus nicht schämen. Nun wäre es aber das Verkehrteste, sich nur auf seinen guten Stern zu verlassen, sondern wer ausrückt, um Gefahren zu begegnen, der muß schon auch für ein gutes Werkzeug sorgen. Und daran habe ich mich zeitlebens gehalten. Was ist aber des Soldaten und Weidmanns bestes Werkzeug und sicherste Waffe? Ich möchte darauf antworten, daß es Gewehr, Pferd und Hund sind. Und ich war immer berühmt für meine wohlgerüstete Gewehrkammer und meine trefflichen Pferde- und Hundeställe.

Zwei Hunde habe ich besessen, die ich nie vergessen kann. Der eine war ein Hühnerhund, so unermüdlich, so aufmerksam, so vorsichtig, daß jeder, der ihn sah, mich um ihn beneidete. Bei Tag und Nacht konnte ich auf Diana zählen, denn bei Nacht hing ich ihr eine Laterne an den Schwanz, und jagte mit ihr so gut oder sogar noch besser als am Tag.

Kurz nach meiner Verheiratung wünschte meine junge Frau auf die Jagd zu gehen. Wir nahmen als Gast einen Leutnant mit, ferner begleiteten uns ein Reitknecht und natürlich auch die treue Diana. Da sich lange kein Wild zeigen wollte, ritt ich mit meinem Hund voraus, um irgend etwas Jagdbares aus dem Busch zu stöbern. Richtig spürte Diana eine Kette Hühner auf und bezog vor dem angstzirpenden Völkchen eine strenge Wache.

So warteten wir auf die Ankunft meiner Frau und des Gastes, voll Stolz, ihnen eine so treffliche Schußgelegenheit anbieten zu können. Doch die Minuten verrannen, und nichts war zu hören und zu sehen. Ich wurde unruhig, kehrte um und hörte bald darauf klägliche Hilferufe, konnte aber trotz angestrengter Suche niemanden entdecken. Schließlich dünkte es mich, als ob das Klagen aus der Tiefe der Erde käme. Ich stieg also ab und preßte mein Ohr auf den Boden. Deutlich vermochte ich nun die Stimme meiner Frau und ihrer beiden Begleiter zu erkennen. Mich weiter umsehend, gewahrte ich den Schachteingang eines Kohlenbergwerks, und nun bestand leider kein Zweifel mehr darüber, was geschehen war.

Die Reitertruppe war unversehens an den Schacht geraten und hinabgestürzt.

Voll Verzweiflung rannte ich in das nächste Dorf, holte Grubenleute herbei, die die Verunglückten aus dem wohl neunzig Meter tiefen Schacht herausholten. Ich dachte, ich würde sie sterbend oder zumindest schwer verletzt wiedersehen, aber es hatte wie durch ein Wunder, von ein paar Prellungen abgesehen, niemand ernstlichen Schaden genommen. Sogar das kostbare türkische Pferd meiner Frau kam fast unversehrt wieder an das Tageslicht.

In der Aufregung hatte ich ganz meine treue Diana vergessen. Mein Dienst verlangte es, daß ich schon am nächsten Morgen verreisen mußte. Als ich dann nach vierzehn Tagen zurückkehrte und wieder Zeit hatte, mich um meine häuslichen Angelegenheiten zu kümmern, vermißte ich natürlich sehr bald meinen guten Hühnerhund. Niemand hatte sich um ihn gekümmert, denn meine Leute hatten geglaubt, er wäre mit mir gelaufen, als ich mich auf die Dienstreise begab. Ich suchte überall nach Diana, ich rief im Haus und der Umgebung zärtlich ihren Namen, aber sie zeigte sich nicht, und ich war darüber sehr traurig.

Schon wollte ich das brave Tier verloren geben, als mir plötzlich der Gedanke kam, ob denn am Ende Diana nicht noch immer vor den Hühnern auf Vorpaß stehe. Hoffnung und Furcht trieben mich eilends zu der Stelle hin, wo ich den Hund verlassen hatte – und siehe da! zu meiner unsäglichen Freude fand ich ihn haargenau auf dem gleichen Platz, auf dem er der Hühnerkette gegenüber Wache bezogen hatte.

»Diana!« rief ich, und sogleich erhob sich mein braves Tier, und ich erlegte auf einen Schuß fünfundzwanzig Hühner. Doch zu mir heranzuspringen, das ging über seine Kräfte, nur armselig kriechend kam es näher, so ausgehungert und ermattet war es. Um den Hund nach Hause zu bringen, mußte ich ihn zu mir auf das Pferd nehmen, doch unterzog ich mich gern dieser kleinen Unbequemlichkeit, ja ich verspürte sogar ein wirkliches Entzücken, als sich Diana matt und müde an meine Brust drückte.

In wenigen Tagen hatte ich sie wieder aufgefüttert, und wie zum Lohn dafür ermöglichte sie es mir, ein Rätsel aufzulösen, das ohne sie ein ewiges Geheimnis geblieben wäre: das Rätsel vom Hasen, der nie müde wird.

Mir ist schon viel Merkwürdiges untergekommen, vieles, was mich zwar in Erstaunen versetzte, mir aber eigentlich nie unglaubwürdig schien, denn wer der Natur wie ich ins Herz geblickt, der weiß, daß sie zu allen Wundern fähig ist. Aber der Hase, der nie müde wurde, zählt schon zu den allergrößten Merkwürdigkeiten, von denen ich erzählen kann.

Zwei volle Tage jagte ich hinter einem Hasen her. Diana blieb ihm unermüdlich auf den Fersen, aber immer wieder schlug der Bursche neue Haken und rannte mit schier unerschöpflicher Kraft über die Stoppelfelder. Ich kam und kam einfach nicht zu Schuß. An Hexerei zu glauben, ist, wie ich eben bemerkte, nie meine Sache gewesen, aber hier war ich doch am Ende meiner fünf Sinne. Schließlich wagte ich doch einmal einen Schuß anzubringen, mit wenig Hoffnung zwar, aber zu meiner Überraschung gelang mir auch aus meiner ungünstigen Position heraus ein rechter Meisterschuß. Der Hase stürzte und was, meinen Sie, fand ich nun?

Vier Läufe hatte der Hase unter seinem Leib und vier Läufe auf dem Rücken. Waren die vier unteren Läufe müde, so warf er sich wie ein geschickter Schwimmer, der sich auf Brust und Rücken gleich gut im Wasser bewegen kann, herum, und nun ging es auf den »Rückenläufen« mit unverminderter Geschwindigkeit weiter.

Ich hätte meinem Hühnerhund, ohne den ich dem achtläufigen Hasen niemals begegnet wäre, gerne den Beinamen »der Einzige« verliehen, wenn nicht mein Windspiel in seiner Art auch einmalig gewesen wäre. An Ausdauer nahm es das Tierchen mit Diana nicht auf, auch war es weniger wegen seiner Gestalt, aber desto mehr wegen seiner außerordentlichen Schnelligkeit bemerkenswert. Es lief so schnell und blieb so viele Jahre in meinem Dienste, daß es sich die Beine bis ganz dicht unter dem Leib weglief. Ich konnte es daher in seinen letzten Lebensjahren als Dachssucher gebrauchen, in welcher Eigenschaft es mein einstiges Windspiel auch zu großer Vollkommenheit brachte.

Das Windspiel – es war eine Hündin – setzte einmal hinter einem Hasen her, der mir ungewöhnlich dick vorkam. Es tat mir leid um meine arme Hündin, denn sie war mit Jungen trächtig, und lief doch ebenso schnell wie sonst. Nur in sehr weitem Abstand vermochte ich zu folgen, ein so trefflicher Renner mein Pferd auch war. Auf einmal schlug ein Gekläffe wie von einem Koppel Hunde an mein Ohr, jedoch so schwach und zart, daß ich mir die Herkunft der Laute gar nicht erklären konnte. Als ich nun endlich den Hasen und seinen Verfolger eingeholt hatte, erblickte ich ein wahres Wunder. Die Häsin hatte im Lauf gesetzt und mein Windspiel geworfen; und zwar jene gerade ebensoviel junge Hasen wie dieses junge Hunde. Instinktmäßig hatte die Hasenbrut die Flucht ergriffen, und ebenso instinktmäßig der Hundewurf sich auf die Jagd nach ihr gemacht und sie auch wirklich gefangengenommen. Dadurch kam ich am Ende meiner Pirsch auf einen Schlag zu sechs Hasen und zu sechs Hunden, wo ich doch nur mit einem einzigen Hund das Weidwerk begonnen hatte.

Von einem Wunderpferd und dem Ritt auf der Kanonenkugel

Mein Pferdestall stand meinem Hundestall nicht nach. Ich gedenke vor allem eines vortrefflichen litauischen Pferdes, das mir um alles Geld der Welt nicht feil gewesen wäre. Ein reiner Zufall brachte es in meinen Besitz, und dieser fügte es auch gleichzeitig, daß ich bei derselben Gelegenheit mit Proben meiner Reitkunst bei einem erlesenen Publikum hohen Ruhm ernten durfte.

Eines Nachmittags war ich zur Teestunde auf dem litauischen Landsitz eines reich begüterten Grafen aus altem polnischen Geschlecht, da wurden die Herren vom Stallmeister hinausgebeten, um ein Rassepferd zu besichtigen, das eben aus dem Gestüt eingetroffen war. Ich zog es vor, den im Salon zurückgebliebenen Damen Gesellschaft zu leisten. Hilferufe, die an unser Ohr drangen, ließen mich die Unterhaltung jäh unterbrechen und über die große Freitreppe in den Hof eilen. Dort bot sich mir ein furchterregender Anblick. Das neue Pferd tobte in der Mitte des Gevierts so wild und ungebärdig, mit Geschnaube und vor Zorn geblähten Nüstern, daß sich niemand ihm zu nähern wagte, und die Edelleute – es waren vorzügliche Reiter unter ihnen – samt dem Stallpersonal sich ängstlich an die Mauern drückten. Ich las tiefe

Besorgnis aus ihren Gesichtern, und die Verwirrung steigerte sich noch, als einer der Männer, der einen letzten Versuch wagte, das Roß seinem Willen zu unterwerfen, von dem schwarzen Vollblutrenner in Sekundenschnelle abgewiesen wurde.

Da war ich nun in meinem Element. Denn wo sollte einer den Umgang mit Pferden besser erlernen als in Niedersachsen? Ha ... mit einem einzigen riesigen Sprung fast von der Mauer weg warf ich mich auf den Rücken des Litauers, so daß der Hengst, der eben selbst noch alle in Schrecken versetzt hatte, vor Überraschung und Erschrecken bebte Durch kräftigen Schenkeldruck, der dem Pferd meinen unbeugsamen Willen ziemlich nachdrücklich bekundete, durch eine geschickte Handhabung der Zügel bekam ich den Wildling vollkommen in meine Gewalt. Er wurde so fügsam, daß ich Lust bekam, den Herren und Damen eine kleine Probe meiner Reitkunst zum besten zu geben und gleichzeitig die Damen auf dem schnellsten Wege zu überzeugen, daß eine weitere Besorgnis nicht mehr angebracht sei. Ich setzte mit einem eleganten Sprung durch das offene Fenster mitten hinein in den Salon. Dort ließ ich den Hengst artig einmal Schritt und einmal Trab und einmal linksherum und rechtsherum und dann wieder Trott und Galopp gehen. Die anfängliche Bestürzung der Anwesenden verwandelte sich schnell in staunendes Vergnügen.

Doch ich war noch nicht am Ende meiner Vorführung. Ich ließ nämlich den Litauer sogar auf den Teetisch steigen, wo ich auf engstem Raum die ganze Hohe Schule mit ihm durchnahm, ohne daß er auch nur eine Tasse zerbrach. Ich beendete meine Vorstellung mit der Levade, und das Entzücken der Damen kannte keine Grenzen mehr. Nach und nach hatten sich auch die übrigen Herren bei der Gesellschaft eingefunden und bewunderten ebenfalls mein Programm oder doch wenigstens seine Krönung an Reitkünsten auf dem Teetisch.

Der Graf, hingerissen von meiner Reitkunst, bat mich mit ausgesuchter Höflichkeit, das Pferd als Geschenk anzunehmen und mit ihm den Feldzug gegen die Türken mitzumachen, den seine Majestät, der Zar, eben eröffnet hatte. Diese Aufforderung klang natürlich wie Musik in meinen Ohren. Um Kriegsruhm zu erwerben, war ich ja nach Rußland gekommen, und unter dem Kommando des Generalfeldmarschalls

Münich wider den Halbmond zu reiten, bedeutete mir die Erfüllung aller meiner Wünsche. Das Geschenk des Grafen ließ mir dieses Vorhaben noch zukunftsfroher und rosiger erscheinen. Ein Pferd, so feurig und fromm zugleich, so mutig und so zuchtvoll, erweckte in mir das Gefühl, die Taten Alexanders des Großen wiederholen zu können, der auf seinem Pferde Bukephalos ewigen Ruhm erwarb.

Nun, der Zar hatte es bitter nötig, seinen Lorbeer wieder etwas aufzufrischen, der kürzlich erst in der Schlacht am Pruth recht arg zerzaust worden war. Ich darf sagen, daß es unter Anführung des glorreichen Generalfeldmarschalls Münich in der Tat gelang, die russische Waffenehre wiederherzustellen. Meine Bescheidenheit verbietet es nur, für mich und die anderen niederen Dienstgrade den Siegesruhm in Anspruch zu nehmen. Das ist zum geschichtlichen Vorrecht derjenigen geworden, die für gewöhnlich Pulverrauch nicht zu riechen brauchen und die Heere

nur bei Paraden erblicken, es ist also zum Vorrecht der Herrscher geworden, sich mit der Ehre gewonnener Schlachten zu schmücken.

Sei's drum, Ruhmredigkeit ist nicht meine Art, und Befriedigung gewährt mir nur das Gefühl, meine Pflicht getan zu haben, genauso wie meine braven Jungen, die unter meinem Kommando standen. Ich befehligte ein Korps Husaren, und das besagt, daß ich während des Feldzugs meist auf mich selbst gestellt war. Meiner Tapferkeit und Klugheit blieb es überlassen, den Feind anzugreifen und ihm Schaden zuzufügen. Denn Husaren sind die Reitertruppe, die der Hauptmacht weit voraus im Lande umherschweift und wie eine Schar von Geistern überall dort auftaucht, wo man sie am wenigsten erwartet.

Bei Orzakow zog ich wieder einmal unserer Vorhut, die in einen heißen Kampf verwickelt war, weit voraus. Da sah ich den Feind, in dichte Staubwolken gehüllt, gegen mich anrücken. Es war mir nicht möglich, seine Zahl zu schätzen. Mich nun selbst hinter einer gleichen Wolke zu verbergen, war vielleicht naheliegend, aber das entsprach nicht dem Sinn meines Auftrags. Meine Aufgabe war es, die Stärke des Feindes zu erkunden, wie aber konnte ich sie ausführen, wenn ich mich selbst blind machte? Immerhin schien es mir geraten, die zahlenmäßige Schwäche meiner Truppe zu verbergen. Also lasse ich sie nach rechts und links flankierend ausschweifen, worauf sich über jede der beiden Gruppen sogleich eine Staubwolke erhob, die der des Feindes um nichts nachstand.

Zwischen den beiden Staubsäulen, die meine Leute aufgewirbelt hatten, blieb eine Gasse frei, in der ich in einsamem Stolz allein dem Feind entgegensprengte, um ihn näher in Augenschein zu nehmen. Ich kam mit ihm auch bald ins Gefecht und wußte ihm solche Hochachtung vor meinem Säbel einzuflößen, daß er einigermaßen in Verwirrung geriet. Da brausten auch schon meine Husaren heran. Nun erst ging es richtig los. Wir karbatschten den Türken ganz ordentlich mit dem Pallasch, und bald wich er in Unordnung zurück.

Wir ihm nach, und ich, auf dem Sattel meines litauischen Renners, natürlich wie immer allen voran. Der Türke zieht sich auf seinen Stützpunkt, eine uneinnehmbare Festung, zurück, aber er hat nicht Zeit, sie in Verteidigungszustand zu versetzen, ja nicht einmal das Tor

hinter sich zu schließen. So rennt er in panischer Angst beim gegenseitigen Tor der Stadt wieder hinaus, und es gelingt mir nicht, ihn zum Stehen zu bringen.

Mein Litauer hatte sich schon jetzt als ein wahres Wunderpferd erwiesen, obgleich er seine größte Überraschung noch in der Hinterhand hielt oder, besser gesagt, im Hinterhuf. Denn wie ich mich auf dem Marktplatz der feindlichen Stadt umsah, konnte ich keinen meiner Leute entdecken. Vor allem den Trompeter hätte ich gerne hier gehabt, um zum Sammeln blasen zu lassen. Erst dachte ich, die Husaren sprengten durch andere Straßen, doch schließlich stellte sich heraus, daß ich meinen Leuten wohl um etliche Meilen voraus war. Wenn man es genau nimmt, hatte ich also allein die Türken geschlagen.

Mein Litauer bedurfte nun dringend eines Trunks. So ritt ich denn den atemlosen Gaul zum Brunnen am Marktplatz, den ich schon von ferne plätschern hörte. Der Litauer soff ganz unmäßig. Als aber sein Durst sich gar nicht stillen mochte, dachte ich, dies könne nicht mit rechten Dingen zugehen. Zufällig sah ich mich um, ob nicht doch endlich meine Leute nachkämen – und was, meint ihr, erblickte ich da? Der ganze Hinterteil des armen Tieres war fort, rein wie abgeschnitten. So lief das Wasser hinten wieder heraus, so wie es vorne hereinkam, ohne daß der Gaul eine Erquickung gehabt hätte. Wie das zugegangen war, blieb mir vorerst ein Rätsel.

Endlich kam ein Reitknecht von der entgegengesetzten Seite herangejagt und brachte mir Aufklärung. Wie ich nämlich durch das offene Tor in die Stadt eindrang, habe man im letzten Augenblick das Schutzgatter herabsausen lassen, das meinen Litauer genau in der Mitte entzweischnitt. Der Hinterteil des Pferdes habe sich, so berichtete mein wackerer Reiterknecht, selbständig gemacht und sei mit solcher Wut unter die Osmanen gerannt, daß diese beim Anblick des vorderteillosen Rosses ihrerseits kopflos wurden und sich aus dem Staube machten.

Was denn aber mit dem siegreichen Hinterteil sich nun begeben habe, wollte ich wissen, und erfuhr, daß es auf einer nahen Weide sich herumtummelte. Meinen Vorderteil im Galopp lenkend, fand ich die Angaben des Reitknechts bestätigt. Da also in beiden Pferdehälften so sichtbar Leben vorhanden war, ließ ich sogleich den Kurschmied rufen, der sich den seltsamen Fall besah und nach einigem Nachdenken eine recht ansprechende Methode fand, meinen Litauer wieder zusammenzuflicken. Er bediente sich dazu junger Lorbeertriebe, die er in der Nähe fand. Dies hatte aber dann noch eine Nachwirkung, die mir recht angenehm war. Die Lorbeersprößlinge schlugen Wurzel im Leib des Pferdes, wuchsen empor und wölbten eine Laube über seinen

Rücken, so daß ich später manchen Ritt über die heiße russische Erde im kühlen Schatten einer Lorbeerlaube tun konnte.

Einem Mann wie mir, der einen Gaul wie den Litauer zu zähmen vermochte, dem wird man gewiß auch ein anderes Reitkunststück glauben, so märchenhaft es klingen mag. Ich bediente mich dabei eines noch viel ungebärdigeren Wesens, als es mein Litauer ist, eines sausenden Dinges – nun, ich will niemanden auf die Folter spannen: Ich ritt auf einer Kanonenkugel.

Wir belagerten eine Stadt, ich weiß nicht mehr welche, und dem Feldmarschall war sehr viel daran gelegen, zu erfahren, wie die Dinge in der Festung stünden, und er erteilte mir den Befehl, die Erkundung durchzuführen. Die Wahl fiel auf mich, weil es schwer, ja fast unmöglich schien, sich an Vorposten und Wachen vorbei in die Stadt durchzuschlagen. Wenn irgendeiner in der Armee einen solchen Auftrag ausführen konnte, war es nur ich. Mit Feuereifer ging ich an seine Erfüllung. Um das Gelände zu erforschen, begab ich mich zu den Batteriestellungen. So glühend brannte mein Mut und so durchdrungen war ich von meiner Pflicht, daß ich im Hui auf eine Kugel sprang, die eben ein Kanonenrohr in Richtung der Festung verließ. Das dünkte mich die beste Art, in die Stadt zu gelangen. Auf halbem Wege meiner Reise durch die Luft stiegen mir freilich allerlei Bedenken auf. Hm, dachte ich, hinein kommst du nun wohl, allein wie dann wieder heraus? Und überhaupt, wie wird es dir in der Festung ergehen? Man wird dich sogleich als Spion erkennen und am nächsten Galgen aufhängen!

Solcherart waren meine Betrachtungen im zweiten Teil meines Sauseflugs, und so nahm ich die glückliche Gelegenheit wahr, auf eine türkische Kanonenkugel umzusteigen, die wenige Schritte von mir entfernt in entgegengesetzter Richtung auf die Stellungen der Unsrigen lossteuerte. Der Sprung durch die Luft von einer Kugel auf die andere gelang mir dank meiner großen Reitkunst ohne Zwischenfall, und so kam ich zwar unverrichteter Dinge, aber heil wieder im eigenen Lager an.

Mein Litauer stand mir in der Fertigkeit des Springens kaum nach. Weder Gräben noch Zäune hielten mich jemals auf, stets den geradesten Weg zu nehmen. Einst setzte ich hinter einem Hasen her, der auf seiner Flucht quer über die Landstraße sprang. Eine Kutsche mit zwei schönen

Damen schob sich just in diesem Augenblick zwischen mich und Meister Lampe. Ich setzte mit meinem Gaul schnell und ohne Anstoß mitten durch die Kutsche hindurch, deren Fenster geöffnet waren. Mir blieb kaum Zeit, meinen Hut zu ziehen und die Damen wegen der Freiheit, die ich mir nahm, untertänigst um Verzeihung zu bitten.

Münchhausen zieht sich an seinem Zopf aus dem Sumpf

Mein Bericht über den Litauer nähert sich dem Ende, denn bald sollte ich dieses Wunderpferd verlieren. Doch hatte ich zuvor noch die Genugtuung, ihm meinen Dank für seine treuen Dienste abzustatten, indem ich seiner nicht vergaß, als ich mit ihm in einen Sumpf geraten war.

Kurz nach meinem Ritt auf der Kanonenkugel hatte ich ein neues gefährliches Abenteuer zu bestehen. Ich fand mich auf einem Erkundungsritt plötzlich am Ufer eines Morastes. Ich schätzte seine Größe ab und fand, er müsse sich überspringen lassen, merkte aber während des Sprunges, daß ich mich geirrt hatte und unmöglich heil trockenes Land erreichen könne. Ich wendete also mitten im Sprung und kam glücklich dort wieder an, wo ich hergekommen war. Nun nahm ich einen entsprechend größeren Anlauf, sprang aber auch beim zweiten Male zu kurz und fiel nicht weit vom anderen Ufer in den Sumpf. Schnell versank ich bis zum Hals im Schlamm. Unfehlbar hätte ich umkommen müssen, wenn ich mich nicht mit der Stärke meiner Arme an meinem eigenen Haarzopf samt meinem Pferd, das ich fest zwischen meine Knie schloß, wieder herausgezogen hätte.

Doch bald hieß es von meinem Litauer Abschied nehmen. Trotz aller meiner Tapferkeit und Geschicklichkeit begann mich das Glück zu verlassen. Mit knapper Not entging ich einige Male dem Äußersten, aber dann wurde mir doch das schwerste aller Lose zuteil: ich geriet in Kriegsgefangenschaft. Eine Übermacht von Muselmanen überwältigte mich.

Münchhausen klettert auf den Mond

Eine Gefangenschaft bei den Türken hat ihre besonderen Reize, denn man wird als Sklave verkauft. Von dieser Regel weicht man im Lande des Halbmonds niemals ab, auch wenn der Kriegsgefangene ein Baron Münchhausen ist. Immerhin hatte ich die Genugtuung, einen hochgestellten Käufer zu finden, und zwar keinen geringeren als den Sultan selbst.

Das Tagewerk, das mir zugewiesen wurde, war nicht nur hart und sauer, sondern auch in hohem Maße seltsam und verdrießlich. Ich mußte nämlich jeden Morgen des Sultans Bienen auf die Weide treiben, dort den ganzen Tag hüten und dann abends wieder zurück in die Stöcke bringen.

Eines Abends vermißte ich eine Biene, bemerkte aber gleich, daß sie von zwei Bären angefallen wurde, die sie ihres Honigs wegen zerreißen wollten.

Da ich nun keine andere Waffe in der Hand hatte als die silberne Axt, die das Kennzeichen der Gärtner und Landarbeiter des Sultans ist, warf ich diese nach den beiden Räubern in der Absicht, sie zu verscheuchen. Die arme Biene setzte ich dadurch wirklich in Freiheit; allein durch einen unglücklichen, allzustarken Schwung meines Armes flog die Axt in die Höhe und hörte nicht auf zu steigen, bis sie auf dem Mond landete.

Nun war guter Rat teuer. Wie sollte ich sie wiederkriegen? Mit welcher Leiter sie auf die Erde zurückholen? Da fiel mir ein, daß die türkischen Bohnen sehr schnell zu einer erstaunlichen Höhe emporwachsen. Augenblicklich pflanzte ich also eine solche Bohne, die wirklich, wie erwartet, rasch ins Kraut schoß und mit ihren Ranken eines

der Mondhörner erreichte. Nun kletterte ich getrost zum Monde empor, wo ich auch glücklich anlangte. Es war allerdings ein mühseliges Stück Arbeit, meine silberne Axt an einem Ort wiederzufinden, wo alle anderen Dinge gleichfalls wie Silber glänzten. Endlich fand ich sie aber doch auf einem Haufen Streu und Häckerling. Nun wollte ich wieder zurückkehren, aber ach! – die Sonnenhitze hatte inzwischen meine Bohnenpflanze so ausgedörrt, daß man daran nicht mehr hinuntersteigen konnte.

Doch ich war um einen Ausweg nicht verlegen. Ich flocht mir aus dem Häckerling einen Strick, lang und immer länger, soweit der Vorrat reichte. Diesen Strick befestigte ich an einem Mondhorn und ließ mich daran hinunter. Mit der rechten Hand hielt ich mich fest, und in der linken führte ich die Axt. Denn, sowie ich eine Strecke hinuntergeglitten war, hieb ich das überflüssige Stück über mir ab und knüpfte es unter mir wieder an. Auf diese Weise gelangte ich denn ziemlich weit in die Nähe der Erde. Doch das wiederholte Abhauen und Anknüpfen hatte nun freilich den Strick nicht besser gemacht, und es glückte mir nicht ganz, das Landgut des Sultans wieder zu erreichen. Ich mochte wohl noch ein paar Meilen hoch droben in den Wolken sein, als mein Strick auf einmal zerriß und ich mit solcher Heftigkeit herab auf die Erde fiel, daß der Sturz mich der Sinne beraubte. Durch die Schwere meines aus so großer Höhe herabfallenden Körpers entstand ein Loch, und ich sauste mindestens neun Klafter tief in die Erde hinein. Ich erholte mich zwar bald wieder von meiner Betäubung, wußte aber nicht, wie ich aus dem Loch herauskommen sollte. Allein die Not macht erfinderisch. Ich grub mir mit meinen Nägeln, die in der Gefangenschaft tüchtig gewachsen waren, eine Art von Treppe und förderte mich so glücklich zutage.

Durch diese mühselige Erfahrung klüger gemacht, fing ich's nachher besser an, die Bären loszuwerden, die solchen Appetit auf meine Bienen und die Honigwaben hatten. Ich bestrich die Deichsel eines Ackerwagens mit Honig und legte mich eines Nachts nicht weit davon in den Hinterhalt. Wie ich es vermutet hatte, so traf es ein. Ein ungeheurer Bär, herbeigelockt vom Duft des Honigs, kam angetrollt und fing vorn an der Spitze der Stange so gierig zu lecken an, daß er sich die ganze Stange durch Schlund, Magen und Bauch in den Leib leckte, bis sie hinten wieder herauskam. Als er sich nun so artig auf die Stange hinaufgeleckt hatte, lief ich hinzu, steckte vorne durch das Loch der Deichsel einen langen Pflock, verwehrte dadurch dem Nascher den Rückzug und ließ ihn so sitzen bis an den anderen Morgen. Über dieses Stückchen wollte sich der Sultan, der bei einem Spaziergang vorbeikam, fast totlachen.

Das aufgetaute Posthorn

Bald darauf machten die Russen mit den Türken Frieden, und ich wurde nebst anderen Kriegsgefangenen nach Petersburg ausgeliefert. Wie aber in Rußland üblich, entstand wegen des Kriegsausganges, mit dem man nicht zufrieden war, eine Revolution. Der alte Zar war zwar gestorben, dafür schickte man aber den jungen Zaren, der noch in der Wiege lag, nach Sibirien. Man war so gnädig, seine Mutter nicht von dem Kinde trennen zu wollen, also mußte sie den gleichen Weg gehen. Ferner begleiteten den jungen Zaren noch mein verehrter Generalfeldmarschall Münich, dann der Herzog von Braunschweig und viele andere Persönlichkeiten hohen Standes. So wird sich niemand wundern, daß ich unter solchen Umständen den Abschied nahm und die Heimreise antrat.

Es herrschte damals aber in Europa ein so strenger Winter, daß davon sogar die Sonne eine Art Frostschaden erlitten haben muß. Jedenfalls sind seither auch die Sommer oft recht kälteanfällig, und es hagelt und schneit ganz zur Unzeit.

Ich mußte, weil mein Litauer in der Türkei geblieben war und mir auch bei der Entlassung aus der Kriegsgefangenschaft nicht zurückgegeben wurde, mit der Post reisen. Auf der langen Fahrt kamen wir auch einmal durch einen Hohlweg. Ich wies den Postillion an, mit seinem Horn ein kräftiges Signal zu geben, damit ein uns entgegenkommendes Fuhrwerk gewarnt sei und schon am jenseitigen Eingang der Schlucht anhalte. Der Wackere setzte das Horn an den Mund und blies aus Leibeskräften, aber alle seine Bemühungen waren umsonst. Nicht ein einziger Ton kam heraus. Dies war uns ganz unerklärlich.

Doch das blieb nicht die einzige Unannehmlichkeit. Bald darauf erwies sich das Versagen des Horns als recht peinlich für uns, da in der Tat das Befürchtete eingetreten war und uns eine Kutsche entgegenkam, an der schlechterdings nicht vorbeizukommen war.

Ich war jedoch um Rat nicht verlegen. Ich sprang aus dem Wagen und spannte zuerst einmal die Pferde aus. Hierauf nahm ich den Wagen samt dem ganzen Gepäck auf meine Schultern und sprang damit über die fremde Kutsche hinweg, was angesichts der Schwere meiner Postkutsche und der Höhe der anderen eben keine Kleinigkeit war. Ich mußte gut und gern meine neun Fuß hoch springen. Nachdem ich abgeladen hatte, kam ich auf dieselbe Weise, nämlich durch einen Rücksprung, wieder zu unseren Pferden. Ich nahm unter jeden Arm ein Pferd, indes der brave Postillion sich mit knapper Not an der fremden Kutsche vorbeidrückte. Mit einem neuerlichen Sprung brachte ich nun auch die Rosse glücklich über das Hindernis, wobei ich bemerken muß, daß eines von ihnen, noch nicht vier Jahre alt und von lebhafter Natur, rechten Unfug machen wollte. Durch Schnauben und Strampeln drückte es während der Luftreise sein Mißbehagen über die heftige Bewegung aus, der ich es aussetzte. Doch machte ich nicht viel Federlesens, steckte einfach seine Hinterbeine in meine Rocktasche, und also gelang auch dieser Sprung vortrefflich. Nun ließ ich wieder anspannen, und wir gelangten glücklich zur nächsten Poststation.

In der Herberge erholten wir uns bald wieder von unserem Abenteuer. Der Postillion hängte sein Horn an einen Nagel beim Küchenfeuer, und ich setzte mich ihm gegenüber.

Nun hört, was geschah! Auf einmal ging's: Trara! Tereng! Tereng! Teng! Teng! Trara! Trara! Wir machten große Augen, denn es wurde uns nun klar, warum der Postillion im Hohlweg hatte nicht blasen können: Die Töne waren in dem Horn festgefroren und kamen nun in der Reihenfolge, wie sie nach und nach auftauten, hell und klar und zur nicht geringen Ehre des Fuhrmanns wieder heraus. Zu seinem eigenen Erstaunen unterhielt uns der brave Postillion noch eine gute Weile mit den herrlichsten Melodien, ohne seinen Mund an das Horn zu bringen. Da hörten wir schneidige Märsche, wehmütige Liebeslieder, ein lustiges Stückchen vom Vetter Michel, der auf Besuch kommt, und schließlich sanft und weich und voll heimlicher Zärtlichkeit das Abendlied »Nun ruhen alle Wälder«.

Mit diesem letzten Stück endete der Spaß mit dem aufgetauten Posthorn, und zugleich ist mein russischer Reisebericht zu Ende.

Meine Herren, Sie sind, wie ich mit Vergnügen feststellen konnte, voll Anteilnahme meinen Erzählungen gefolgt. Manchem von Ihnen konnte ich freilich an der Nasenspitze ablesen, daß er Zweifel an der Wahrheit meiner Berichte hegte. Ich nehme ihm das keineswegs übel, denn viele Reisende haben die Gewohnheit, mehr zu behaupten als wahr sein kann.

Nun aber, meine lieben Gäste, passen Sie einmal gut auf. Ich habe die Möglichkeit, eine Art von Wahrheitsbeweis anzutreten und Ihren Unglauben hinsichtlich meiner russischen Erlebnisse in bedingungslosen Glauben zu verwandeln. Dieser seltsame Wahrheitsbeweis liegt darin, daß ich mich nunmehr anschicken werde, meine Seeabenteuer zu erzählen. Diese sind noch viel unglaubwürdiger als meine Abenteuer in Rußland und sind dennoch wahr. Also, meine Herren, haben Sie kein Recht mehr, an vergleichsweise viel glaubwürdigeren Geschichten, wie eben meinen russischen, zu zweifeln.

Der Baron, offensichtlich selbst belustigt ob seines Versuchs mit dem vertrackten Wahrheitsbeweis, hob sein Glas, trank seinen Gästen zu und begann dann seine Seeabenteuer zu erzählen.

II Die Seeabenteuer

Schon von Jugend an war ich von brennender Begierde erfüllt, die Welt zu sehen. Ich denke, daß diese Wanderlust ein Erbteil meines Vaters ist, der einen großen Teil seines Lebens auf Reisen zubrachte und uns dann manchen Winterabend mit der Erzählung seiner Abenteuer verkürzte. Die Schlichtheit und Aufrichtigkeit seiner Berichte ist mir in unvergänglicher Erinnerung, fast glaube ich, daß auch meine unerschütterliche Liebe zur Wahrheit von meinem Vater stammt.

Ich werde vielleicht später noch auf einige Erlebnisse meines verewigten Alten Herrn zurückkommen. Ich muß es ihm überhaupt hoch anrechnen, daß er als einziger seiner Familie einiges Verständnis für mich aufbrachte, auch wenn er mir – vielleicht mit Rücksicht auf meine Mutter – lange genug verbot, das heimatliche Haus zu verlassen. Meine Mutter besaß noch einen starken Bundesgenossen in meiner Tante, die bei uns wohnte. Die beiden Damen pflegten höhnisch zu bemerken, daß noch nicht einmal entschieden sei, ob die zarten Sprossen auf meinem Kinn schon Anflug eines Bartes oder die Daunenflocken eines Bettkissens wären. Ehe nicht dieser Flaum sich eindeutig zu einem Barte ausgewachsen habe, käme es ihnen nicht in den Sinn, mich aus ihrer Gewalt zu entlassen.

Da erschien als rettender Engel ein Onkel aus der mütterlichen Verwandtschaft zu Besuch auf Schloß Bodenwerder. Ich wurde bald sein Liebling. Er sagte mir oft, ich sei ein hübscher und munterer Junge, und er wolle nur alles Mögliche tun, mir bei der Erfüllung meines sehnlichsten Wunsches behilflich zu sein. Seine Beredsamkeit war wirksamer als meine Bitten, und nach vielen Vorstellungen und Gegenvorstellungen, Einwendungen und Widerlegungen beschloß der Familienrat zu meiner unaussprechlichen Freude, daß ich meinen Fürsprecher auf einer Reise nach Ceylon, wo sein Oheim seit vielen Jahren Gouverneur war, begleiten dürfe.

Zwischen Löwe und Krokodil

Wir segelten mit wichtigen Aufträgen der holländischen Regierung von Amsterdam ab. Auf unserer Reise ereignete sich, von einem furchtbaren Sturm abgesehen, nichts Besonderes. Dieses Sturmes möchte ich wegen seiner merkwürdigen Folgen doch mit einigen Worten gedenken. Er brach aus, als wir eben bei einer Insel vor Anker lagen, um uns mit Holz und Wasser zu versorgen, und er tobte mit solcher Heftigkeit, daß er eine große Anzahl von Bäumen, ungeachtet ihrer Mächtigkeit, samt den Wurzeln aus der Erde riß und hoch in die Lüfte wirbelte. Die schweren Stämme nahmen sich von der Erde gesehen aus wie die kleinen Vogelfedern, die bisweilen durch die Luft schweben, und ich schätze, daß der Sturm die Bäume wohl an die fünf Meilen himmelwärts entführt hatte. In dem Maße wie der Orkan sich legte, fiel jeder Baum senkrecht auf seinen alten Standort zurück und schlug sogleich wieder Wurzel, so daß sehr bald kaum mehr eine Spur von Verwüstung zu entdecken war.

Nur der größte Baum machte eine Ausnahme. In seinem Geäst saß gerade, als die Windsbraut losbrach, ein Mann mit seinem Weibe und pflückte Gurken. In diesem Teil der Welt wächst nämlich die köstliche Gurkenfrucht auf Bäumen. Das Paar machte die Reise in den Himmel so geduldig mit wie der berühmte Hammel im ersten Luftballon, zog aber durch sein natürliches Schwergewicht den Baum in eine falsche Richtung, so daß er seinen angestammten Platz nicht erreichte, sondern glücklicherweise den Häuptling der Einwohner der Insel in seinem Garten totschlug. Der Baum war nämlich flach auf die Erde gekommen und traf den Häuptling, gerade als er im Begriff war sich in sein Haus zurückzubegeben, das er beim Ausbruch des Orkans verlassen hatte. Der Häuptling war also glücklicherweise tot.

»Glücklicherweise?«

Ja, ja, Sie hörten schon richtig, meine Herren. Dieser Häuptling war der abscheulichste Tyrann, den man sich vorstellen kann, und seine Untertanen die elendsten Geschöpfe unter dem Mond. In seinen Vorratshäusern verfaulten die Lebensmittel, während allenthalben in seinem Reiche Hunger herrschte. Obgleich das Eiland infolge seiner günstigen Lage keine auswärtigen Feinde zu fürchten hatte, hielt sich der grausame Machthaber doch ein stattliches Heer, zu dem er unbarmherzig jeden jungen Kerl seines Volkes preßte. Und zwar nur deshalb, um seine unter ständigem Prügeln gedrillten Soldaten an den meistbietenden Fürsten einer anderen Insel zu verkaufen. Auf diese Weise hoffte er seine zehn Millionen ererbter Muscheln um weitere zehn zu vermehren. Man erzählte sich, er habe seine Praktiken von einer Reise nach dem Norden mitgebracht; ich bitte meine Zuhörer aber eindringlich, nicht an Europa zu denken, vielleicht bestehen auch in Grönland oder auf den Kanarischen Inseln ähnliche Bräuche. Jedenfalls wäre mit der Zeit das schöne Land vollkommen entvölkert worden, und deshalb ist der Herr der Stürme zu preisen, weil er den Häuptling zu sich abberief.

Aus Dankbarkeit für den großen Dienst, den das gurkenpflückende Paar, obgleich nur ganz zufällig, seinen Mitbürgern erwiesen hatte, wurde es von ihnen auf den Thron gesetzt. Zwar waren die guten Leutchen bei ihrer Luftfahrt dem großen Licht der Welt so nahe gekommen, daß sie ihr eigenes Augenlicht verloren hatten, wobei sie freilich wiederum an innerer Erleuchtung soviel gewonnen hatten, wie für eine gute Regierung vonnöten ist. Sie übten ihr Amt so löblich aus, daß, wie ich

später erfuhr, niemand mehr auf der Insel Gurken aß, ohne dabei mit andächtigem Augenaufschlag zu sagen: Gott erhalte das Häuptlingspaar!

Nachdem wir unser Schiff, das von dem Sturm nicht wenig beschädigt worden war, ausgebessert und uns von dem neuen Monarchen und seiner Gemahlin gebührend verabschiedet hatten, segelten wir unter gutem Winde weiter und kamen nach sechs Wochen wohlbehalten in Ceylon an.

Ich schloß bald Freundschaft mit dem Sohn des Gouverneurs, der mich einlud, mit ihm auf die Jagd zu gehen, was ich von Herzen gerne annahm. Mein neuer Freund war ein kräftiger, stattlicher Mann und an das Klima des Landes gewöhnt; ich hingegen wurde schon nach kurzem Marsch so matt, daß ich in einem dichten Walde weit hinter meinem Jagdgefährten zurückblieb.

Am Ufer eines Stromes, der in romantischer Wildheit den Dschungel durchbricht, und dem schon längere Zeit meine Aufmerksamkeit gehörte, ließ ich mich nieder, um zu rasten. Ich saß noch nicht lange, als ich hinter mir ein Geräusch hörte. Ich blickte mich um und wäre vor Schrecken beinahe zu Stein erstarrt: Ein riesiger Löwe pirschte sich an mich heran, und sein ganzes Gehaben verriet, daß er mich zu seinem Frühstück auserkoren hatte, ohne vorher meine Einwilligung einholen zu wollen. Meine Flinte war bloß mit Hasenschrot geladen. Doch drückte ich in meiner Verwirrung dennoch ab und traf die Bestie mitten in die Stirn mit dem Erfolg, daß sie nun erst recht wütend wurde und unter furchtbarem Fauchen zum Sprung auf mich ansetzte. In meiner Todesangst versuchte ich zu fliehen, wandte mich um und – kalter Schauer rinnt mir noch über den Rücken, wenn ich daran denke – sehe mich einem scheußlichen Krokodil gegenüber, dessen aufgesperrter Rachen andeutet, daß auch dieses Tier mich zu verspeisen wünschte.

Man stelle sich also meine Lage vor: mir gegenüber ein Krokodil, in meinem Rücken ein Löwe, zu meiner Linken der reißende Strom und zu meiner Rechten ein Abgrund, von dem ich später erfuhr, daß er von giftigen Schlangen wimmle. Betäubt vor Schreck stürzte ich zu Boden. Ich glaube, auch ein Herkules hätte angesichts solcher Gefahren die Sinne verloren. Nur ein einziger Gedanke beherrschte mich noch: würde ich zuerst die Krallen des Königs der Tiere oder die Zähne des Reptils an meinem Fleisch zu spüren bekommen? Doch Sekunden später hörte ich einen eigentümlichen krachenden Laut, indes der erwartete Angriff auf mich ausblieb. Also wagte ich es, vorsichtig spähend Ausschau zu halten, und erblickte ein Bild, das mich mit unbändiger Freude erfüllte. Der Löwe steckte mit dem Kopf im Rachen des Krokodils, und durch wütendes Zerren versuchten die beiden Bestien, voneinander loszukommen. Es war mir sofort klar, was sich ereignet hatte. Der Löwe war in dem Augenblick im Sprung abgeschnellt, als ich mich zu Boden warf, und über mich hinweg mit der Gewalt einer Kanonenkugel genau in den Rachen des Reptils geraten. Nun hatte ich leichtes Spiel. Mit meinem Hirschfänger trennte ich den Rumpf des Löwen ab und stieß dann seinen Kopf mit dem Flintenkolben so tief in des Krokodils Schlund hinab, daß es erstickte.

Inzwischen hatte sich mein Freund Sorgen wegen meines Zurückbleibens gemacht, war umgekehrt und erschien jetzt auf dem Schauplatz des Gemetzels. Er beglückwünschte mich aufrichtig zu dem herrlichen Sieg, den ich errungen hatte. Seine Leute schafften die Beute nach der Stadt. Ich sorgte für eine ansprechende Verwendung. Aus dem Löwenfell ließ ich von einem dort ansässigen Kürschner Tabaksbeutel anfertigen, und das Krokodil wurde ausgestopft. Die Beutel verehrte ich den holländischen Bürgermeistern, die mir dafür tausend Dukaten als Gegengeschenk überreichen wollten, das anzunehmen mir meine Kavaliersehre freilich verbot.

Das ausgestopfte Krokodil übergab ich dem Museum von Amsterdam. Niemand wird sich darüber wundern, daß dieses merkwürdige Stück sich bald der größten Anziehungskraft erfreute und viele Leute nur seinetwegen in das Museum pilgerten. Dadurch wurde mein Name in Holland weithin bekannt. Ich muß mich allerdings sehr über die Museumsführer beklagen, die in ihrer Sucht, die Neugier ihrer Besucher zu befriedigen, sich bei der Wiedergabe der Geschichte dieses Museumsstücks zu allerlei Übertreibungen hinreißen ließen – und Sie wissen alle, wie sehr ich Aufschneidereien hasse. Unter anderem behauptet einer der Kustoden, daß der Löwe durch das ganze Krokodil hindurchgesprungen und der »weltberühmte Baron« – so pflegte er mich zu nennen – den König der Tiere just in dem Augenblick getötet habe, als er beim Schwanz des Reptils wieder herausgekommen sei. Dieses aber habe nach dem Hirschfänger geschnappt und ihn sich geradewegs ins Herz gerannt, als es ihn verschlucken wollte. Es ist wirklich schrecklich, wie lügenhaft Menschen sein können. Derartige Verzerrungen erscheinen geeignet, einen Mann wie mich, der zum Erleben merkwürdiger Abenteuer geboren ist, um jeden Kredit zu bringen. Ich bitte Sie also, sich nicht von schlechten Nachäffern des Barons Münchhausen irremachen zu lassen und mir weiterhin Ihr Vertrauen zu schenken.

Begegnung mit einem Wal

Im Jahre 1766 schiffte ich mich zu Portsmouth auf einem englischen Linienschiff, das mit hundert Kanonen bestückt war und eintausendvierhundert Mann an Bord hatte, nach Nordamerika ein.

Über meine Erlebnisse in England vor meiner zweiten Seereise gäbe es mancherlei zu erzählen, doch spare ich mir dies auf eine andere Gelegenheit. Nur eine Sache, die mir recht nett vorkommt, möchte ich kurz streifen. Sie betrifft nämlich die Art, wie der Kutscher der Staatskarossen einen hohen Fahrgast zu ehren pflegt. Es traf sich nämlich, daß ich den König mit großem Pomp zur Eröffnung des Parlaments fahren sah. Und was mußte ich da staunend erblicken? Der Kutscher auf dem hohen Bock hatte sich das englische Staatswappen in seinen Bart hineingeschnitten. Zugleich zeichnete er mit seiner Peitsche, die er ununterbrochen schwang, Figuren in die Luft, die ich bald als die Initialen Seiner Majestät erkannte, »G« und »R«, das bedeutet »Georg Rex«. Mir scheint dies eine größere Kunst zu sein als die unserer Postillione, wenn sie mit ihren Peitschen verschiedene Melodien in die Lüfte knallen.

Was aber nun unsere Seereise betrifft, so begegnete uns nichts Merkwürdiges, bis wir nur noch etwa dreihundert Seemeilen von der Mündung des St.-Lorenz-Stromes entfernt mit furchtbarer Gewalt gegen ein Hindernis stießen, das uns wie ein von den Fluten des Ozeans überspülter Fels vorkam. Gleichwohl konnten wir, als wir das Senkblei auswarfen, bei fünfhundert Klaftern noch keinen Grund finden. Was diesen Vorfall noch rätselhafter, ja beinahe unbegreiflich machte, war, daß wir bei dem Anprall unser Steuerruder verloren, daß der Bugspriet mitten entzweibrach und alle unsere Masten von oben bis unten zersplitterten. Zwei von ihnen flogen sogar über Bord. Ein armer Teufel, der eben dabei war, das Hauptsegel zu reffen, wurde dabei fast drei Meilen weit geschleudert. Er rettete nur dadurch sein Leben, daß er, während er durch die Luft flog, den Schwanz einer Rotgans erhaschen konnte. Diese ließ sich mit ihm sanft auf das Wasser nieder und gab ihm dann Gelegenheit, auf ihrem Rücken wohlgeborgen zwischen Hals und Fittichen dem Schiffe so lange nachzuschwimmen, bis er endlich an Bord genommen werden konnte.

Doch zurück zu der Gewalt des Stoßes, den wir erlitten hatten. Ein weiterer Beweis für seine ungeheure Stärke war der Umstand, daß alle unter Deck befindlichen Mannschaften und Soldaten gegen die Deckenbalken geschleudert wurden, wovon sie denn Beulen und blaue Flecken in reichlicher Menge davontrugen. Mir puffte es den Kopf gleich bis zum Magen hinunter, und es dauerte etliche Monate, ehe er seine natürliche Stellung wiederbekam.

Noch befanden wir uns alle in einem Zustand des Erstaunens und der unbeschreiblichen Verwirrung, als sich alles durch den Anblick eines großen Walfisches aufklärte, der auf der Oberfläche des Wassers in der Sonne eingeschlafen war. Doch nun erwachte der riesige Bursche endlich und zeigte sich höchst ungnädig ob der Störung, die wir ihm bereitet hatten. Zuerst einmal schlug er uns mit seinem Schwanz einen Teil des Oberdecks samt dem Galerieaufbau für Kapitän und Steuermann ein. Dann nahm er den Hauptanker, der wie üblich am Steuerruder aufgewunden war, in sein riesiges Maul, spulte das Seil ab und schleppte uns wohl sechzig Meilen mit einer Geschwindigkeit von gut sechs Knoten die Stunde durch die Wogen. Gott weiß, wohin uns der Wal noch entführt hätte, wenn nicht glücklicherweise das Ankertau gerissen wäre. Freilich verloren wir nun auch den Anker, was nicht gerade eine Annehmlichkeit für uns bedeutete.

Als wir aber sechs Monate später wieder nach Europa zurückkehrten, fanden wir denselben Walfisch nicht weit von der Stelle, wo wir uns von ihm getrennt hatten, tot auf dem Wasser treiben. Seine Länge betrug ungelogen mindestens eine Meile. Da wir von einem so ungeheuren

Tier nur wenig an Bord nehmen konnten, setzten wir unsere Boote aus, schnitten ihm mit viel Mühe den Kopf ab, und fanden zu unserer großen Freude nicht nur unseren Anker, sondern noch vierzig Klafter Tau in einem hohlen Zahn auf der linken Seite seines Rachens.

Dies war das einzige erwähnenswerte Abenteuer, das sich auf der Rückreise zutrug. Halt! Ein Mißgeschick hätte ich bald vergessen, und

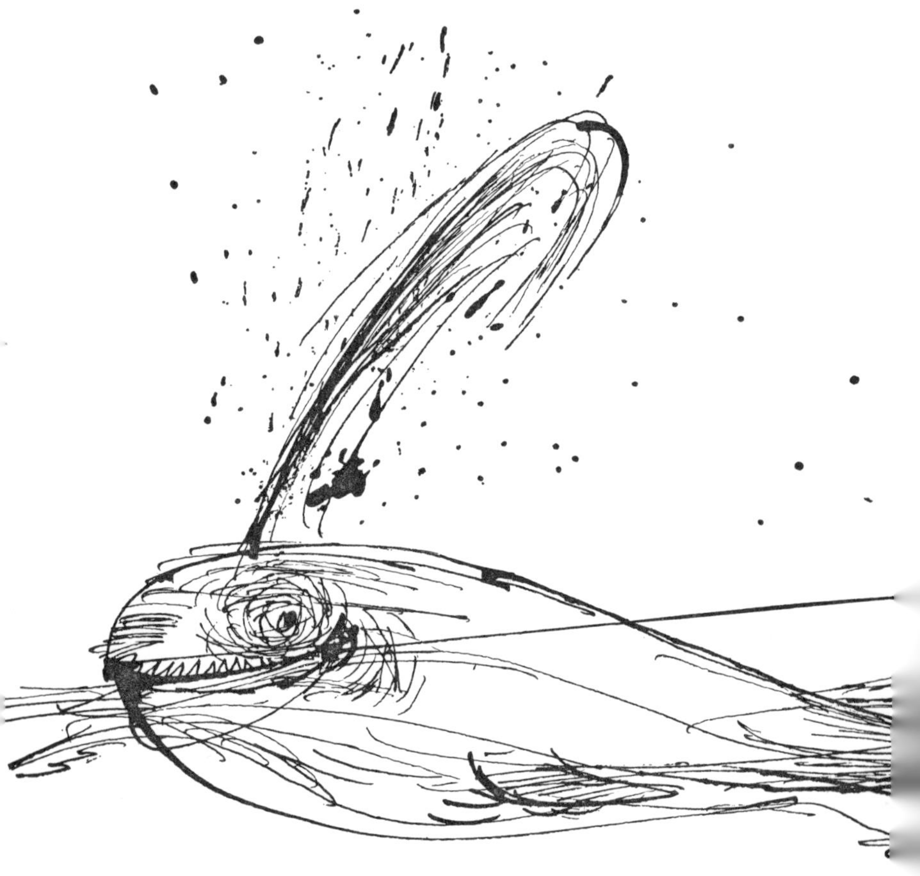

zwar ereignete sich dieses schon auf der Hinfahrt bei der Begegnung mit dem Walfisch. Es müssen eben schon Abenteuer sehr ungewöhnlicher Natur sein, wenn ich sie im Gedächtnis behalten soll. Dabei war unsere Lage sogar äußerst gefährlich, als uns der Wal ins Schlepptau nahm und gleichzeitig ein so großes Leck in die Schiffswand schlug, daß alle Pumpen nicht ausgereicht hätten, den nassen Tod länger als eine halbe Stunde von uns fernzuhalten.

Doch war es eben ein Glück, daß ich das Unheil zuerst entdeckte. Das Loch maß mindestens einen Fuß im Durchmesser. Auf allerlei Weise versuchte ich das Loch zu stopfen, allein umsonst. Endlich rettete ich das schöne Schiff und seine Mannschaft durch den glücklichsten Einfall der Welt. So groß das Loch auch war, mein wohlgeratener Leib vermochte es auszufüllen. Ja, das Loch hätte noch viel größer sein kön-

nen, noch immer hätte ich ausgereicht, es abzudichten. Niemand wird sich darüber wundern, wenn ich ihm verrate, daß ich beiderseits von westfälischen Vorfahren abstamme. Meine Lage darf freilich als etwas brenzlig bezeichnet werden, indessen wurde ich bald durch die Kunst des Zimmermanns erlöst.

Ein Tänzchen im Fischmagen

Einst war ich in großer Gefahr, im Mittelländischen Meer umzukommen. Ich badete an einem Sommernachmittag unweit Marseille und empfand die See so angenehm, daß ich mich schwimmend immer weiter vom Strand entfernte. Da sah ich plötzlich einen großen Fisch mit weit aufgerissenem Rachen in höchster Geschwindigkeit auf mich zuschießen. Es war durchaus unmöglich, ihm zu entkommen. Unverzüglich drückte ich mich so klein zusammen wie nur möglich, indem ich meine Füße zur Brust heraufzog und die Arme dicht an den Leib schloß. In dieser Stellung schlüpfte ich dem Fisch zwischen seinen Kiefern hindurch bis in den Magen hinab. Hier herrschte, wie man sich leicht denken kann, vollständige Finsternis, aber auch eine nicht unbehagliche Wärme.

Da ich dem Burschen nach und nach Magendrücken verursachte, wäre er mich gern wieder losgeworden, wie ich aus mancherlei Anzeichen erkennen konnte. Weil es mir nicht an Raum fehlte, spielte ich ihm durch Tritt und Schritt, durch Hüpfen und Hopsen gar manchen Possen. Am meisten beunruhigte es ihn aber, als ich schließlich gar ein Tänzchen wagte und zwar einen »Schottischen«, den ich so in seinen Magen hineinstampfte, daß ihm offensichtlich Hören und Sehen verging. Er erhob sich vor Schmerzen senkrecht mit seinem Leibe aus dem Wasser.

Hierdurch wurde er aber von der Besatzung eines eben vorbeisegelnden italienischen Kauffahrteischiffes entdeckt und sogleich mit Harpunen erlegt. Als er an Bord gehievt war, hörte ich den Kapitän mit seinen Leuten beratschlagen, wie sie ihn am vorteilhaftesten zerlegen sollten, um die größte Menge Öl zu gewinnen. Da ich nun Italienisch verstand, geriet ich in die schrecklichste Angst, ihre Messer könnten mich zugleich mit dem Burschen zerstückeln. In der Annahme, daß sie mit den Extremitäten beginnen würden, stellte ich mich in der Mitte des Magens auf. Meine Furcht schwand indessen bald, da ich merkte, daß sie mit der Öffnung des Unterleibes anfingen. Ich konnte deutlich hören, wie sie Fettschicht um Fettschicht abhoben, denn der Bursche hatte wahrhaftig ordentlich Speck angesetzt. Bald sah ich durch die immer dünner werdende Bauchwand Licht schimmern, und nun hielt ich den Augenblick für gekommen, mich zu melden. Ich schrie den Matrosen aus voller Lunge zu, wie angenehm es mir wäre, die Herren begrüßen zu dürfen und durch sie aus einer Lage erlöst zu werden, in der mir der Erstickungstod sicher gewesen wäre.

Unmöglich läßt sich das Erstaunen auf allen Gesichtern schildern, als sie aus dem Fischbauch eine Menschenstimme herausdringen hörten. Das Erstaunen wuchs natürlich noch, als sie mich in meiner ganzen Größe, nur mit einer Badehose bekleidet, aus dem Fischleib herausspazieren sahen.

Nun sprang ich in die See, um mich abzuspülen, dann kletterte ich wieder an Bord, wo mir einige Erfrischungen gereicht wurden. Ich verabschiedete mich, nachdem ich mich von dem ausgestandenen Schrecken vollkommen erholt hatte, mit Worten vielen Dankes von meinen Errettern und schwamm zu meinen Kleidern zurück. Ich war meiner Schätzung nach ungefähr dreieinhalb Stunden in dem Magen des Riesenfisches eingekerkert gewesen.

Der Akrobat im Himmelsraum

Ich habe in meinem Leben schon mancherlei Herren gedient, so dem russischen Zaren, wie Sie schon hörten, und später auch einmal dem türkischen Sultan. Meine Gefangenschaft trug ich ihm keineswegs nach, im Gegenteil, die Kenntnis der Landessprache und der muselmanischen Bräuche kam mir sehr zustatten, ja bewog mich einmal sogar dazu, den ehrenvollen Antrag, mir den Krummsäbel umzuschnallen, anzunehmen.

Ich habe da unter dem Zeichen des Halbmonds viele bemerkenswerte Erlebnisse gehabt, von denen mir einige einer Wiedergabe wert zu sein scheinen.

Ich unternahm öfter Lustfahrten in einer Barke auf dem Marmarameer, von wo man die herrlichste Aussicht auf Konstantinopel und den Palast und Harem des Großsultans hat. Eines Morgens, als ich die Schönheit und Heiterkeit des Himmels und den zauberhaften Anblick der Stadt in vollen Zügen genoß, entdeckte ich in der Bläue des Himmels einen weißen Punkt. Ich faßte ihn näher ins Auge und glaubte ein rundes Ding, ungefähr so groß wie eine Billardkugel, zu erkennen. Von dem in der Luft schwebenden Gegenstand hing noch irgend etwas herab, das mir die ganze Erscheinung noch rätselhafter machte.

Schnell entschlossen, der Sache auf den Grund zu gehen, nahm ich meine längste und beste Vogelflinte, ohne die ich, wenn irgend möglich, nicht auszugehen pflege, lud sie mit einer einzigen Kugel und sandte diese zu dem Ding in der Luft hinauf. Allein vergeblich. Ich wiederholte den Schuß mit zwei Kugeln, richtete aber noch immer nichts aus. Erst der dritte Schuß mit fünf Kugeln holte das Ding herunter. Man stelle sich meine Verwunderung vor, als ein riesiger Luftballon, fast so groß wie die Kuppel der berühmten Moschee von Konstantinopel, just auf unsere Barke niedersank. Besser gesagt, der Ballon selbst hielt sich noch immer, wenn auch sichtlich mehr und mehr ermattend, in der Luft, während nur die goldverzierte Gondel, die die Form eines Wagens hatte, über das Deck der Barke streifte und von meinen Männern sogleich umstellt und festgehalten wurde. In der Gondel befanden sich ein Mann – und ein gebratenes Schaf.

Der Mann sah wie ein Franzose aus, der er denn in Wirklichkeit auch war. Aus jeder der zahlreichen Taschen seines Rockes hingen ihm prächtige Uhrketten, an denen Anhänger mit den Miniaturbildern großer Herrn und Damen baumelten. In jedem Knopfloch steckte eine Münze, eine Kette prächtiger Orden zog sich über seine Brust, die Finger waren mit Brillantringen geschmückt, die Taschen seines Rockes bauschten sich auf von dicken Geldbörsen. Mein Gott, dachte ich, welche Dienste muß dieser Mann der menschlichen Gesellschaft geleistet haben, daß sie ihn so mit Geschenken überhäuft! Denn Geschenke waren es offensichtlich, die der Luftschiffer so protzig zur Schau stellte. Da die Menschen im allgemeinen und die großen Herrn und Damen im besonderen zur Knickerei neigen, so spann ich meine Überlegung fort, dürfte also feststehen, daß ich hier einen bedeutenden Wissenschaftler vor mir habe, vermutlich den Erbauer dieses Luftfahrzeuges selbst.

Langsam erholte sich unser Gast von den Anstrengungen und der Aufregung seiner Himmelsseglerei und stattete folgenden Bericht:

»Ich lese in Ihren Augen, daß Sie mich für den Erbauer dieses Ballons halten. Damit befinden Sie sich aber im Irrtum, denn ich bin weder klug genug, noch besitze ich die nötigen wissenschaftlichen Kenntnisse, um ein solches Luftfahrzeug zu erfinden. Meine Kunst ist jener der Akrobaten, Seiltänzer und Luftspringer gleichzuhalten. Ich produzierte mich schon öfters als Luftfahrer und wollte nun vor sechs oder sieben Tagen – genau kann ich es nicht sagen, da ich mit meiner Zeitrechnung durcheinander gekommen bin – eine besondere Vorstellung bieten. Vor Tausenden von Zuschauern stieg ich auf der Landspitze von Cornwall auf und nahm ein abgerichtetes Schaf mit, um es allerlei Kunststücke vorführen zu lassen. Unglücklicherweise drehte sich der Wind zehn Minuten nach dem Aufstieg, und statt mich nach Exeter zu treiben, wo ich zu landen gedachte, entführte er mich hinaus auf die See. Ich gelangte in immer größere, ja unermeßliche Höhen und schwebte fort und immer fort. Ich hatte jede Orientierung verloren, geriet über den Mond hinaus, und immer noch höher steigend kam ich schließlich der Sonne so nahe, daß sie mir die Augenbrauen versengte. Andererseits war dies wieder mein Glück, weil ich nunmehr eine Möglichkeit sah, meinen Hunger zu stillen. Denn die Irrfahrt dauerte schon drei Tage, und ich hatte noch keine Nahrung zu mir genommen. Ich schlachtete also das Schaf und briet es in der Sonnenhitze, wobei ich darauf achtete, es in jene Ecke meines Gondelwagens zu legen, die nicht vom Schatten des Ballons berührt wurde. In einer dreiviertel Stunde war es gar, und ich lebte seither von Hammelbraten.«

Der Mann hielt inne und betrachtete aufmerksam die Gegenstände in seiner Umgebung sowie das Stadtbild, das sich vor uns abzeichnete. Als ich ihm sagte, daß das große Gebäude, das er unmittelbar vor sich sähe, das Serail oder der Harem des Großsultans sei, schien er sehr bestürzt, weil er sich in einem ganz anderen Teil der Welt zu befinden glaubte.

Dann schloß er seinen Bericht:

»Die Ursache meines langen Fluges lag darin, daß mir das Seil zur Bedienung der Klappe abriß, mit der man Gas abläßt, wenn man sinken oder ganz zur Erde zurückkehren will. Hätte nun nicht ein guter Schütze auf das Luftfahrzeug gefeuert und ein Loch in die Ballonhülle gerissen, so hätte ich wohl wie Mohammed bis zum Jüngsten Tag zwischen Himmel und Erde schweben müssen.«

Den Gondelwagen schenkte er hierauf großmütig meinem Bootsmann, den Rest des Schafes warf er über Bord, und die Ballonhülle, nun – sie war bei der Berührung mit Masten und Bugspriet ganz und gar in Stücke zerrissen worden und zu nichts mehr nütze.

Schnelläufer, Grashorcher, Fernschütze, Kraftmeier und Windmacher

Meine Herren, es ist noch Zeit, eine Flasche zu leeren. Ich habe Ihnen hier eine von der besten Sorte ausgewählt. Denn es gilt ein Erlebnis zu begießen, das ich wohl als das merkwürdigste meiner türkischen und ägyptischen Jahre bezeichnen darf. Es begab sich kurz vor meiner Rückkehr nach Europa. Doch erst einmal einen kräftigen Schluck! Na denn Prost, meine Herren!

Es geschah nämlich, daß mich der Großsultan, dem ich durch den kaiserlich-russischen Botschafter für die Erledigung besonders schwieriger Missionen nachdrücklich empfohlen worden war, zu einem wichtigen Geschäft nach Kairo entsandte. Dieser Auftrag war so geheimer Natur, daß er für immer und ewig verhüllt bleiben muß.

Ich reiste mit sehr großem Pomp, umgeben von einem großen Gefolge, auf dem Landweg ab. Unterwegs hatte ich Gelegenheit, meine Begleitung durch einige sehr brauchbare Diener zu vermehren.

Als ich kaum einige Meilen von Konstantinopel entfernt sein mochte, sah ich einen kleinen, schmächtigen Menschen mit großer Schnelligkeit querfeldein laufen, obwohl das Männchen an jedem Bein ein bleiernes Gewicht trug, an die fünfzig Pfund schwer. Verwundert über diesen Anblick rief ich ihn an und fragte:

»Wohin so schnell, mein Freund? Und warum erschwerst du dir deinen Lauf durch eine solche Last?«

Der Läufer erwiderte:

»Vor einer halben Stunde lief ich in Wien weg, wo ich in Diensten einer Herrschaft stand, die mir heute meinen Abschied gab. Ich möchte mich gerne in Konstantinopel um einen Posten bewerben, fürchte aber zu früh dort einzutreffen, denn hohe Würdenträger pflegen lange zu schlafen. Durch die Gewichte an meinen Beinen habe ich meine Schnelligkeit ein wenig mildern wollen. Denn ›Eile mit Weile‹ war der Wahlspruch meines Geschwindigkeitslehrers.«

Dieser Bursche, schnell wie ein böser Gedanke oder der Geist der Wüste, gefiel mir nicht übel. Ich fragte ihn, ob er in meine Dienste treten wolle, und er war bereit dazu. Wir zogen darauf weiter durch manches Land, durch manche Stadt.

Ein andermal fand ich nicht fern vom Wege, auf einer schönen Wiese, einen Kerl, der mäuschenstill dalag, als ob er schliefe. Allein das tat er nicht. Er schmiegte vielmehr sein Ohr so aufmerksam an die Erde, als wolle er die Bewohner der Hölle belauschen.

»Was hörst du da, mein Freund?« fragte ich ihn.

»Ich horche zum Zeitvertreib auf das Gras«, versetzte er, »und höre, wie es wächst.«

Ich darauf: »Und das kannst du?!«

Und er: »Das ist eine Kleinigkeit!«

Da sagte ich denn: »Tritt in meine Dienste, Freund, wer weiß, wozu ich dich noch brauchen kann. Es gibt allerlei Geräusche und Gespräche, die es zu belauschen lohnt.«

Der Bursche sprang auf und folgte mir.

Nicht weit davon stand ein Jäger mit angelegtem Gewehr auf einem Hügel und knallte in die blaue, leere Luft. Ich rief ihm zu:

»Glück auf, Glück auf, Herr Weidmann! Doch wonach schießt Ihr denn? Ich sehe nichts als blaue, leere Luft.«

Er darauf:

»Oh, ich versuche nur dies neue Kuchenreutersche Gewehr. Dort auf der Spitze des Münsters von Straßburg saß ein Sperling, den schoß ich eben herab.«

Wer meine Leidenschaft für das edle Weid- und Schützenwerk kennt, den wird nicht wundernehmen, daß ich dem vortrefflichen Schützen sogleich um den Hals fiel. Daß ich nichts sparte, auch ihn in meine Dienste zu ziehen, versteht sich von selbst.

Wir zogen weiter durch manche Stadt, durch manches Land, und kamen endlich an dem Libanon-Gebirge vorbei. Dort stand ein derber, untersetzter Kerl vor einem großen Zedernwald und zog an einem Strick, der um den ganzen Wald herumgeschlungen war.

»Was ziehst du da, mein Freund«, fragte ich ihn.

Er darauf:

»Oh, ich soll Bauholz holen und habe meine Axt zu Hause vergessen. Nun muß ich mir helfen, so gut es eben geht.«

Mit diesen Worten riß er auf einen Ruck den ganzen Wald, fast eine Quadratmeile groß, wie einen Schilfbusch vor meinen Augen nieder. Was ich daraufhin tat, das läßt sich leicht erraten. Ich hätte den Kerl nicht fahrenlassen, und hätte es meinen ganzen Botschaftergehalt gekostet.

Als wir auf ägyptischem Boden ankamen, erhob sich ein fürchterlicher Sturm, der mich mit allen meinen Wagen, Pferden und Dienern mit sich zu reißen und in die Lüfte zu entführen drohte. Zur linken Seite unseres Weges standen sieben Windmühlen in einer Reihe. Ihre Flügel schwirrten so schnell rundum, wie nur eine gute Spinnerin ihre Spindel sausen lassen kann. Nicht weit davon, zur Rechten unseres Weges, stand ein Kerl von der Leibesfülle Sir John Falstaffs (Bühnenfigur Shakespeares, dicker Prahlhans) und hielt sein rechtes Nasenloch mit dem Zeigefinger zu. Als der Geselle sah, wie wir uns mit letzter Kraft gegen den Sturm wehrten und dennoch durcheinandergewirbelt wurden, drehte er sich halb um, machte Front gegen uns und zog ehrerbietig wie ein Musketier vor seinem Obersten den Hut vor mir ab. Auf einmal regte sich kein Lüftchen mehr, und alle sieben Windmühlen standen still. Erstaunt über diesen Vorfall, der mir nicht mit natürlichen Dingen zuzugehen schien, schrie ich den Unhold – ein solcher schien er mir nämlich zu sein – aus voller Kehle zu:

»Bursche, was ist das? Sitzt dir der Teufel im Leib oder bist du der Teufel selbst?«

Doch der Mensch tat den treuherzigsten Augenaufschlag der Welt und antwortete:

»Um Vergebung, Euer Exzellenz! Ich mache nur meinem Herrn, dem Windmüller, ein wenig Wind. Um nun die sieben Windmühlen nicht ganz und gar umzublasen, mußte ich mir das eine Nasenloch zuhalten.«

Der würde einen sehr brauchbaren Diener abgeben! dachte ich bei mir und erinnerte mich dabei auch zugleich meines heimatlichen Kamins und der Freundesrunde, der ich meine Abenteuer erzählen wollte. Wenn dir's nämlich, so ging es mir durch den Sinn, an Atem gebrechen sollte, alle die Wunderdinge zu berichten, die dir auf deinen Reisen zu Wasser und zu Lande untergekommen sind, dann kann ich mir den Kerl aufs beste nutzbar machen. Wir wurden daher bald handelseins. Der Windmacher ließ seine Mühlen stehen und folgte mir.

Nachgerade wurde es aber Zeit, in Kairo anzulangen. Sobald ich dort meinen Auftrag erfüllt hatte, entließ ich mein unnützes Gesandtengefolge und behielt nur meine fünf Diener bei mir, die ich unterwegs verpflichtet hatte: den Schnelläufer, den Grashorcher, den Fernschützen, den Kraftmeier und den Windmacher. Sie alle dienten mir, wie sich später zeigen sollte, zu meiner größten Ehre und meinem größten Ruhm. Ich war nun glücklich, mich endlich wieder als Privatmann bewegen zu dürfen.

Das Wetter war unbeschreiblich schön, und der berühmte Nilstrom zeigte sich von der angenehmsten Seite. Ich konnte daher der Versuchung nicht widerstehen, eine Barke zu mieten, um den Fluß hinab, nach Alexandrien zu reisen.

Bis zum dritten Tag war die Reise wundervoll. Sie haben nun, meine Herren, gewiß schon von den jährlichen Überschwemmungen des Nils gehört. Am dritten Tage unserer Fahrt fing der Nil ganz unbändig zu schwellen an, und am folgenden Tage war das ganze Land rechts und links viele Meilen weit überschwemmt. Am fünften Tage, nach Sonnenuntergang, verfing sich meine Barke in etwas, das ich für Ranken und Strauchwerk hielt. Als es aber Morgen wurde, fand ich mich überall von Mandelzweigen umgeben, die voll reifer Früchte hingen. Sie mundeten ganz vortrefflich. Als wir nun das Senkblei auswarfen, ergab sich, daß wir wenigstens sechzig Fuß über dem Boden schwebten.

Ungefähr gegen acht oder neun Uhr – ich schätzte die Zeit nach dem Sonnenstand – erhob sich plötzlich ein Wind, der die Barke ganz auf die eine Seite umlegte. Hierdurch schöpfte sie Wasser und ging unter. Es dauerte, wie man gleich sehen wird, lange, bis ich sie wieder zu Gesicht bekam. Glücklicherweise gelang es mir und meiner Begleitung – acht Männer und zwei Knaben – sich an den Mandelzweigen festzuhalten. In dieser Lage blieben wir drei Wochen und drei Tage und lebten in dieser Zeit ausschließlich von den Mandeln. An Wasser fehlte es uns nicht, wie man sich ja leicht vorstellen kann.

Am zweiundzwanzigsten Tag nach dem Untergang der Barke fiel das Wasser ebenso schnell wie es gestiegen war, und am sechsundzwanzigsten konnten wir wieder festes Land betreten. Wir brauchten nach unserem Fahrzeug nicht lange zu suchen. Es lag nicht weit von dem Punkt entfernt, an dem es gesunken war. Wir bargen, was wir vonnöten hatten, und trockneten es an der Sonne. Mit Mundvorrat gut versehen, machten wir uns auf, den Nilstrom, der uns ganz abhanden gekommen war, zu suchen, um auf dieser angenehmen Straße die Winterreise anzutreten. Wir stellten dabei genaue Berechnungen an, wie weit wir uns von dem eigentlichen Flußbett entfernt hatten, und am Ende ergab sich, daß wir an die hundertfünfzig Meilen über Felder, Gärten und Baumgehege hinweg abgetrieben worden waren.

Am siebenten Tag erreichten wir das Ufer des Nils, und dort ergab sich die Gelegenheit, einem Bei von unserem Unglück zu erzählen. Mit aller Liebenswürdigkeit und Gastfreundschaft, wie sie den großen Herrn im Orient eigen ist, stattete er uns mit allem, was wir brauchten, neu aus und stellte uns eine seiner Barken zur Verfügung. In sechs Tagen langten wir in Alexandrien an, wo wir uns nach Konstantinopel einschifften.

Ich wurde von dem Sultan überaus gnädig empfangen und dadurch besonders geehrt, daß ich seinen Harem betreten und mit fünfzig seiner Frauen zu Mittag speisen durfte. Bei dieser Gelegenheit sah ich zum erstenmal unverschleierte muselmanische Frauen, und Sie können mir glauben, meine Herren, daß ich von dem reizenden Anblick hell entzückt war. Nur wenigen Christgläubigen wird so hohe Gunst und ein so schönes Vergnügen zuteil.

Tokaier aus Wien

Nach Beendigung der ägyptischen Reisegeschichte wähnte der Baron seine Gäste ermüdet und meinte, die Aufhebung der Tafel und der Vorschlag zum allgemeinen Zubettgehen würde ihnen willkommen sein. Doch damit befand er sich in einem sehr großen Irrtum. Die Zuhörer, durch die bisherigen Berichte aufs beste angeregt, bestürmten ihn mit der dringenden Bitte, fortzufahren. Der Baron wäre noch Aufklärung darüber schuldig, wie sich die merkwürdige Dienerschaft bewährt hätte, denn darüber habe er bisher Stillschweigen bewahrt. Das wäre doch auffällig über alle Maßen.

In der Tat, erwiderte der Baron, gebe es da ganz Wunderbares zu berichten, das er sich eben auf den nächsten Tag habe aufsparen wollen, denn so gutes Pulver verschieße man nicht gern auf müdes Wild. Da er aber sehe, daß allseits noch glänzende Stimmung herrsche, dürfe er wohl getrost fortfahren. Und er begann wieder zu erzählen:

Beim Sultan stand ich nach meiner ägyptischen Reise hoch in Gunst. Seiner Hoheit schien ein Tag, an dem ich nicht bei ihm weilte, ein verlorener Tag zu sein. Er konnte, wie es so schön heißt, ohne mich nicht leben. Zu Mittag und zu Abend speiste ich bei ihm. Ich gestehe freimütig, daß die Tafel keines anderen Herrschers auf Erden so lecker wie die des Sultans gedeckt wird. Jedoch gilt dieses Lob nur für die Speisen, nicht aber für die Getränke. Mohammeds Gesetz verbietet seinen Gläubigen den Genuß von Wein, und deshalb ist der edle Rebensaft von den öffentlichen Gastmählern in der Türkei verbannt. Was indes öffentlich nicht geschehen darf, das geschieht nicht selten heimlich; und des Verbotes ungeachtet weiß mancher Türke so gut wie ein Pater Kellermeister, was ein guter Tropfen ist.

Das war auch bei seiner Hoheit, dem Sultan von Konstantinopel, der Fall. Bei der öffentlichen Tafel, an der auch nach den strengen Regeln der oberste Kirchenfürst (den man einem Bischof oder Generalsuperintendenten gleichhalten könnte, und der dort Mufti genannt wird) teilnimmt, wurde der Wein nie auch nur mit einer einzigen Silbe erwähnt. War die Tafel dann aufgehoben, so wartete eine verstaubte Flasche in seinem Privatgemach bereits auf seine Hoheit.

Einst gab mir der Sultan einen verstohlenen Wink, ihm in das Privatgemach zu folgen. Als wir uns darin sorgfältig eingeschlossen hatten, holte er aus einem Schränkchen eine Flasche hervor und sagte:

»Münchhausen, ich weiß, ihr Christen versteht euch auf einen guten Tropfen Wein. Da habe ich noch ein einziges Fläschchen Tokaier. So etwas Vortreffliches habt Ihr in Eurem Leben nicht getrunken.«

Er füllte die Gläser eigenhändig und stieß dann mit mir an.

»Nun, was sagt Ihr? Das ist doch etwas Extrafeines?«

»Das Weinchen ist gut«, erwiderte ich, »allein ich hoffe, Eure Hoheit nehmen es mir nicht übel, wenn ich behaupte, daß ich bei seiner Majestät, dem verewigten Karl dem Sechsten, dem Vater der glorreichen Kaiserin Maria Theresia von Österreich, einen noch weit besseren getrunken habe. Potz Stern, den sollten Eure Hoheit einmal versuchen!«

»Freund Münchhausen, Euer Wort in Ehren, aber es ist vollkommen ausgeschlossen, daß irgendein Wein besser ist als dieser Tokaier. Ich bekam dieses Fläschchen von einem ungarischen Edelmann, und er versicherte mir, daß es das letzte vom besten Jahrgang sei.«

»Possen, Scherze, Eure Hoheit! Tokaier und Tokaier, das ist ein großer Unterschied. Die Herren sind nicht so freigebig im Schenken, wie sie tun. Was gilt die Wette, ich schaffe Ihnen binnen einer Stunde unmittelbar aus dem kaiserlichen Keller in Wien eine Sorte Tokaier, die eine Blume hat, bei dem Euch die Augen übergehen werden, Eure Hoheit.«

»Münchhausen, Ihr beliebt mir ein Märchen aufzutischen!«

»Keineswegs, Eure Hoheit. Ich spreche die lautere Wahrheit, und ich wiederhole: geradewegs aus dem kaiserlichen Keller zu Wien schaffe ich Ihnen in der Zeit von einer Stunde eine Flasche Tokaier herbei, gegen den sich dieses Getränk wie der billigste Krätzer ausnimmt.«

»Münchhausen, Münchhausen, Ihr wollt mich wohl zum besten halten, und das verbitte ich mir. Ich kenne Euch sonst zwar als überaus wahrheitsliebenden Mann, allein jetzt, scheint mir, flunkert Ihr doch ganz gehörig.«

»Ei nun, Eure Hoheit, es kommt nur auf die Probe an. Erfülle ich mein Wort nicht – denn ich bin der erbittertste Feind aller Aufschneidereien – so können mir Eure Hoheit den Kopf abschlagen lassen. Doch mein Kopf ist kein Pappenstil. Was setzt Ihr mir dagegen?«

»Topp, ich nehme Euch beim Wort. Steht um Schlag vier Uhr der Tokaier nicht hier auf dem Tisch, so kostet's Euch ohne Barmherzigkeit den Kopf. Denn foppen lasse ich mich auch vom besten Freunde nicht. Haltet Ihr aber Euer Versprechen, so könnt Ihr aus meiner Schatzkammer so viel Gold, Silber, Perlen und Edelsteine mitnehmen, wie der stärkste Kerl zu tragen vermag.«

»Das läßt sich hören!« rief ich und bat sogleich um Feder, Tinte und Papier und schrieb an die Kaiserin von Österreich und Königin von Ungarn, Maria Theresia, folgendes Billett:

»Ihre Majestät haben gewiß als Universalerbin weiland Kaiser Karls des Sechsten, Ihres höchstseligen Vaters, auch den Keller der Majestät geerbt. Dürfte ich mir wohl durch den Überbringer dieses Schreibens eine Flasche von dem Tokaier ausbitten, den ich bei Ihrem Herrn Vater so oft getrunken habe? Ich bitte, mir nur den besten zu schicken. Es gilt eine Wette. Ich stehe dafür Ihrer Majestät zu jeglichem Dienste zur Verfügung, wo immer Sie mich brauchen und wie schwer auch die Aufgabe sei, die es zu erledigen gilt.

Ich verharre in tiefer Ehrfurcht Ihrer Majestät gehorsamer Diener

Karl Friedrich Hieronymus Freiherr von Münchhausen.«

Dieses Billett gab ich, weil es nun fünf Minuten nach drei Uhr und keine Zeit mehr war, Umschlag und Siegel zu holen, offen meinem Läufer, der in der Gesindestube meiner Befehle harrte. Er schnallte seine Gewichte ab, die er ständig trug, um nicht zu schnell zu laufen, und machte sich unverzüglich auf die Reise nach Wien. Indes tranken wir, der Sultan und ich, den Rest der Flasche in Erwartung eines besseren vollends aus.

Es schlug ein Viertel, es schlug halb, es schlug dreiviertel vor vier, und noch war kein Läufer zu hören und zu sehen. Nachgerade, gestehe ich, fing es mir an, unheimlich zu werden, zumal Seine Hoheit schon mehrmals verdächtig nach der Glockenschnur geblickt hatte, um nach dem Scharfrichter zu klingeln.

Noch erhielt ich die Erlaubnis, in den Garten hinauszutreten, um frische Luft zu schöpfen, denn dicke Schweißtropfen perlten auf meiner

Stirn, und es war mir ordentlich schwül. Ich merkte, wie mir ein paar dienstbare Geister auf dem Fuße folgten und mich nicht aus den Augen ließen.

In meiner Todesangst – der Zeiger stand auf fünf Minuten vor vier – schickte ich nach meinem Horcher und meinem Schützen. Sie kamen unverzüglich, und der Horcher mußte sich sofort platt auf die Erde niederlegen, um zu lauschen, ob er nicht meinen Läufer höre, der sich bei Entfaltung seiner höchsten Geschwindigkeit durch ein starkes Sausen in der Luft bemerkbar machte. Zu meinem nicht geringen Entsetzen meldete mir der Horcher, daß der Schlingel von einem Läufer irgendwo, weit weg von hier, im tiefsten Schlafe läge und aus Leibeskräften schnarche.

Dies brauchte mein braver Schütze nicht zweimal zu vernehmen. Auf eine hohe Terrasse laufen, sich hoch auf die Zehen emporzurecken und seinen Blick in die Weite schweifen lassen, war eins. Gleich darauf rief er atemlos aus:

»Bei meiner armen Seele! Da liegt der Faulenzer unter einer Eiche bei Belgrad und die Flasche neben ihm. Warte nur! Ich will dich aufkitzeln.« Und hiemit legte er sofort seine Kuchenreutersche Flinte an die Backe und schoß die volle Ladung in den Wipfel des Baums. Ein Hagel von Eicheln, Zweigen und Blättern fiel herab auf den Schläfer und brachte ihn dermaßen schnell auf die Beine, daß er eine halbe Minute vor vier Uhr mit seiner Flasche und einem eigenhändigen Billett der Kaiserin und Königin Maria Theresia vor des Sultans Privatgemach anlangte.

War das ein Gaudium! Ei, wie schlürfte da der hoheitliche Kennermund!

»Münchhausen«, sprach er, »Ihr müßt es mir nicht übelnehmen, wenn ich diese Flasche für mich allein behalte. Ihr steht mit Wien besser als ich und werdet gewiß eher zu einer neuen kommen als ich zu einem Nachschub.«

Mit diesen Worten schloß er die Flasche in sein Schränkchen, steckte den Schlüssel in die Tasche seiner weiten Pumphose und klingelte nach dem Schatzmeister. Oh, wie lieblich des Glöckleins Silberton in meinen Ohren klang!

»Ich muß Euch nun die Wette bezahlen«, sagte der Sultan an mich gewandt, dem Schatzmeister aber, der eben eintrat, trug er auf:

»Laßt meinem Freund Münchhausen so viel aus der Schatzkammer wegtragen, wie der stärkste Mann zu tragen vermag.« Der Schatzmeister verneigte sich, bis seine Nasenspitze den Fußboden berührte, mir aber schüttelte der Sultan treuherzig die Hand und verabschiedete uns dann alle beide.

Ich säumte nun nicht, wie Sie sich, meine Herren wohl denken können, von der erteilten Erlaubnis uneingeschränkten Gebrauch zu machen. Ich ließ meinen Starken mit dem langen, hänfenen Strick

kommen und begab mich in die Schatzkammer. Was mein Starker, nachdem er sein Bündel geschnürt hatte, noch übrigließ, davon wird keiner mehr reich . . . ha, ha.

Ich eilte mit meiner Beute geradewegs nach dem Hafen, nahm dort das größte Lastschiff, das aufzutreiben war, in meine Dienste und ging wohlgepackt mit meinem ganzen Gefolge unter Segel, um meinen Fang in Sicherheit zu bringen, ehe noch etwas dazwischen käme.

Damit war ich gut beraten gewesen. Denn, was ich insgeheim gefürchtet hatte, das trat ein. Der Schatzmeister hatte nach meinem Fischzug die Tore der Schatzkammer offengelassen, denn nun war's ja nicht mehr nötig, sie zu verschließen. Dann war er Hals über Kopf zum Sultan gelaufen und hatte ihm Bericht erstattet, wie vollkommen ich seine Erlaubnis ausgenutzt hatte. Den Sultan packte daraufhin ein schrecklicher Grimm, oder vielleicht empfand er auch nur Reue über die Leichtfertigkeit seiner Zusage an mich, jedenfalls und wie immer es sei, er befahl dem Großadmiral, sofort hinter mir herzueilen und mich zur Rede zu stellen. Denn schließlich hätte ich beim Abschluß der Wette einen unerlaubten Hintergedanken gehabt, und dies mache die ganze Wette ungültig. Also wäre ich verpflichtet, die mitgenommenen Schätze wieder herauszugeben. Solches mir vorzutragen und notfalls mit einiger Gewalt zu unterstützen, lautete der Auftrag an den Großadmiral.

Daher sah ich, als ich noch nicht zwei Meilen in See war, schon die ganze türkische Kriegsflotte mit vollen Segeln hinter mir herkommen, und ich muß gestehen, daß ich von neuem für meinen Kopf zu zittern begann, nachdem ich ihn doch eben erst durch meinen Lauscher und Schützen sozusagen wieder befestigt hatte. Allein nun war mein Windmacher bei der Hand, und der sagte:

»Lassen sich Ihre Exzellenz nicht bange sein!«

Mit diesen Worten trat er auf das Hinterdeck meines Schiffes, so daß sein eines Nasenloch nach der türkischen Flotte, sein andres aber auf unsere Segel gerichtet war. Er stieß eine so ordentliche Portion Wind heraus, daß die türkische Flotte an Masten und Takelwerk übel zugerichtet, nach dem Hafen zurückgeschleudert, unser Schiff aber in wenigen Stunden glücklich bis Italien getrieben wurde.

Von meinem Schatz zog ich leider nur wenig Gewinn. In Italien gelandet, überfielen mich, Stechmückenschwärmen gleich, Scharen von Bettlern, die mir bald einen Großteil meines Vermögens abgepreßt hatten. Das spricht für mein gutes Herz, aber auch gegen die Polizei, die merkwürdigerweise sofort von der Bildfläche verschwindet, sobald sich ein Haufen Zerlumpter auf ihr zeigt.

Vielleicht war es auch nur die persönliche Anziehungskraft, die ich auf Bettler ausübe, daß ich also sehr von ihnen bedrängt wurde. Denn einer unserer besten Bücherschreiber hat kürzlich in einem gefühlvollen Bändchen die verschämte Armut Italiens gepriesen, die sich ganz und gar in ihre eigenen vier Wände zu verstecken pflege, um den Fremden den traurigen Anblick des Hungers und der Flicken zu ersparen. Da bekanntlich Bücherschreiber bei uns zu Lande unbedingten Glauben genießen, überlasse ich es Ihnen, meine Herren, sich einen Reim auf meine Erlebnisse zu machen.

Im übrigen würde ein Streit über die Höhe der von mir an die Bettler verteilten Summe höchst unfruchtbar sein, weil der Rest meines türkischen Goldes mir nämlich von Straßenräubern schon abgeknöpft wurde, als ich Rom vor Augen hatte.

Mögen ihnen ihre Sünden vergeben werden, ich für meinen Teil trage Rinaldo Rinaldini und seinen Spießgesellen nichts nach, zu höflich war ihr Auftreten, als sie einmal entdeckten, daß sie Widerstand nicht zu befürchten hatten.

Nun, meine Herren, ist aber für heute endgültig Schluß. Nicht, daß der Vorrat an Berichtenswertem erschöpft wäre, aber ich bin, ehrlich gesagt, vom Erzählen erschöpft. Ich hoffe, Sie gönnen mir jetzt meinen wohlverdienten Schlaf. Gute Nacht, meine Herren, und natürlich steht es in Ihrem Belieben, was Sie mit dem Rest der Nacht anfangen wollen.

Ein Zeuge meldet sich zu Wort

Nachdem der Baron gegangen war, konnten sich seine Gäste in der Tat nicht entschließen, den wunderbaren Abend abzubrechen. Man bedauerte es allgemein, daß der Baron nicht doch auf eines der Abenteuer seines Vaters zurückgekommen war, die er doch zu erzählen versprochen hatte. Eine lebhafte Unterhaltung entspann sich dann auch darüber, ob der Baron nicht doch bei der Wiedergabe einiger Abenteuer seiner Phantasie habe allzusehr die Zügel schießen lassen. Ja, einige aus dem Kreis bezweifelten sogar, daß es der Freiherr von Münchhausen mit der Wahrheit allzu genau nehme. Sogleich traten ihnen aber die begeisterten Anhänger des Barons entgegen, und einer aus der Runde, der die Ehre gehabt hatte, den Baron bei einigen seiner Reisen begleiten zu dürfen, erbot sich, von einer besonderen Leistung Münchhausens, die er selbst miterlebt hatte, Kunde zu geben. Dieser Bericht, meinte der Gefährte des Barons, dürfe Anspruch darauf erheben, sozusagen als stellvertretender Wahrheitsbeweis für Münchhausens eigene Erzählungen gewertet zu werden. »Nun denn los«, tönte es in der Runde. Ein Diener schenkte die Becher voll und Münchhausens Reisebegleiter begann:

Der Sultan hatte sich nach der Ausräumung seiner Schatzkammer bald wieder getröstet. Neue Reichtümer strömten ihm zu, und außerdem freute er sich diebisch darüber, daß der Herr von Munchhausen seine Beute so schnell wieder losgeworden war. Der Sultan und Baron Münchhausen söhnten sich also wieder aus, und der Baron reiste nach jenem Vorfall noch häufig in die Türkei und leerte noch manchen Becher in des Sultans Privatgemächern. Schließlich entzweiten sich die beiden aber doch, und zwar wegen eines Ereignisses, das vom Standpunkt des Barons mehr als lächerlich war, dem Sultan aber offenbar sehr nahe ging, weil es eine militärische Angelegenheit betraf. Und hierin sind die größten Männer unseres Erdballs kindischer als die Kinder.

Neben vielen anderen Merkwürdigkeiten beherbergt Konstantinopel auch die größte Kanone der Welt. Ganz aus Kupfer gegossen, vermag sie Marmorkugeln von elfhundert Pfund zu verschießen. Man wird zugeben, daß es nicht leichtfallen dürfte, die Zitadelle von Konstantinopel, auf der dieses Geschütz postiert ist, einzunehmen, und auch den Übergang über den Fluß Simois, den jene Kanone bestreicht, würde jedem Feind einigermaßen Schwierigkeiten bereiten. Allerdings hatten, um der Wahrheit die Ehre zu geben, selbst die Türken Angst, diese Riesenkanone abzufeuern. Benötigte man doch für einen einzigen Schuß dreihundertdreißig Pfund Pulver, und die Leute der Umgebung befürchteten, daß bei dem Versuch, die Kanone zu erproben, ihre Hütten zusammenfallen würden wie die Kartenhäuser.

Da kam nun in Konstantinopel ein Franzose an, der sich erbötig machte, einen Schuß mit voller Pulverladung abzufeuern, ohne daß die befürchteten Folgen eintreten würden. Man ließ ihn gewähren, und er richtete die Mündung des riesigen Kanonenrohres genau auf die Mitte des Marmarameeres. Es wird berichtet, daß der Kanonier, der die brennende Lunte an das Zündloch halten sollte, an allen Gliedern schlotterte und außerstande war, seinen Auftrag auszuführen. Der Franzose war also gezwungen, selber den Schuß abzubrennen.

Die Kugel erreichte genau ihr Ziel, nämlich genau die Mitte des Marmarameeres. Die Gewalt des Schusses war so ungeheuerlich, daß die See zu schäumen begann und noch Stunden darnach haushohe Wellen an das Ufer des Bosporus schlugen. Seltsamerweise drang die Kugel selbst nicht unter die Oberfläche des Wassers, sondern prallte von ihr ab, hob sich wieder in die Höhe und zersprang an den Felsen eines Berges am jenseitigen Gestade.

Als nun Baron Münchhausen, den ich damals begleiten durfte, wieder einmal zum Besuch der schönen Stadt am Goldenen Horn eintraf, wurde eben die Geschichte von der Abfeuerung der größten Kanone der Welt vom einfachen Menschen bis zum Bassa, Pascha und Sultan als das Beispiel besonderer Tüchtigkeit und besonderen Mutes herumgereicht. Dies fiel aber unserem Baron sehr auf die Nerven. Er kann es nämlich durchaus nicht vertragen, wenn ein Franzose ihm etwas voraus hat. Und so erbot er sich, die Tat des französischen Artilleristen noch zu übertreffen.

Wie er das bewerkstelligte? Nun, sehr einfach, er spielte Kanone, Kugel, Pulverladung, Artillerieingenieur und Feuerwerker in einem, er nahm besagtes Geschütz, die größte Kanone der Welt, auf seine Schultern und schwamm damit an die jenseitige Küste des Bosporus. Nicht genug damit, versuchte er die Kanone unglückseligerweise auf ihre alte Stellung zurückzuwerfen. Ich sage »unglückseligerweise«. Denn sie glitt ihm, als er zum Wurf ausholte, ein wenig zu früh aus der Hand. Hiedurch geschah es, daß sie gerade in der Mitte der Meerenge niederfiel, wo sie nun ruhen wird bis zum Jüngsten Tag.

Der Verlust dieses Geschützes machte den Sultan ganz untröstlich. Der Verlust von zwanzig seiner Lieblingsfrauen hätte ihn nicht so erschüttern können wie die auf den Grund des Ozeans versenkte Kanone. Er befahl, den Freiherrn von Münchhausen sofort in Gewahrsam zu nehmen und durch grausame Martern hinzurichten. Nun ist freilich mein Gönner nicht ein Mann, dem man so leicht beikommen kann. Auch diesmal kam ihm das Glück zu Hilfe. Eine türkische Haremssklavin, eine Odaliske, war ihm von Herzen zugetan. Sie wissen, meine Herren, daß zu Odalisken nur die schönsten Mädchen gemacht werden, meist Kaukasierinnen mit zarter weißer Haut, denn aus ihnen wählt sich der Großherr, Pascha oder gar Sultan seine Frauen aus. Eine solche Odaliske war es, die Münchhausen vor dem blutgierigen Vorhaben des Sultans warnte. Münchhausen gelang es, als Haremswächter verkleidet, Eingang in das Serail zu finden, wo ihn nicht nur jene Odaliske, sondern auch verschiedene Frauen des Sultans in Schutz nahmen. Die Odaliske verschaffte ihm später Gelegenheit, auf einem venezianischen Segler die Türkei zu verlassen, und nicht nur sie, auch manche ihrer Herrinnen vergossen bei seinem Abschied heimliche Tränen.

Münchhausen trifft eine Kugel im Flug

Es war die Absicht des Barons gewesen, die Neugierde seiner Freunde ein wenig auf die Folter zu spannen und sie auf die Fortsetzung seiner Erzählung eine Zeitlang warten zu lassen. Doch als diese sich wieder einmal vollzählig um den Kamin auf Schloß Bodenwerder versammelten, kam wie von selbst die Rede auf jenen Bericht von Münchhausens Reisegefährten über den Schuß mit der größten Kanone der Welt. Obgleich der Baron dabei nicht schlecht abschnitt als ein zweiter Atlas, der zwar nicht die Welt, aber ein ganzes Geschütz auf den Schultern tragen konnte, so wurmte es ihn doch, einen Franzosen als den besseren Artilleristen rühmen zu hören. Also packte ihn der Ehrgeiz, ein eigenes »Kanonenstücklein« zum besten zu geben, und er berichtete:

Sie wissen, meine Herren, daß sich Franzosen und Spanier vor nicht allzu langer Zeit in den Kopf setzten, den Felsen von Gibraltar dem britischen Löwen wieder zu entreißen, obwohl er sich dort so häuslich und scheinbar für die Ewigkeit eingerichtet hat. Da ich immer dort zu finden bin, wo bemerkenswerte Abenteuer winken, war ich bei dieser Sache auch dabei, und zwar auf englischer Seite. Ich segelte mit einem Proviantschiff bis zur Festung. Munter begrüßten mich die Affen, von denen die Sage geht, daß die Felsen von Gibraltar der britischen Krone gehören werden, solange sie dort herumturnen.

An Land gegangen, machte ich dem britischen Gouverneur, General Lord Elliot, meine Aufwartung und nahm die Gelegenheit wahr, ihm ein Spiegelteleskop zu zeigen, das ich vor kurzem in London erstanden hatte, ein wirklich ausgezeichnetes Instrument. Der Lord, durch das Fernrohr blickend, glaubte erkennen zu können, daß eines der Belagerungsgeschütze, ein Sechsunddreißigpfünder, just in diesem Augenblick auf den Punkt gerichtet würde, auf dem wir uns eben befanden. Er reichte mir das Teleskop wieder zurück, und ich fand nach kurzem Blick durch das Wunderrohr seine Beobachtung vollauf bestätigt. Ich erbot mich, die Gefahr auf eine vollkommen neue Art abzuwehren, indem ich das feindliche Geschoß beim Anflug durch die Luft zerstörte. Der Lord hatte nur ein mitleidiges Lächeln für mich, ich ließ mich aber dadurch nicht irremachen, denn Geschosse in der Luft zu zerstören, war eine Art Spezialität von mir. Ich hatte darin eine solche Fertigkeit erlangt, daß ich auch eine Fliege im Weltraum hätte treffen können, eine Kunst, die man mir vielleicht erst in Jahrhunderten nachmachen wird und auch nur dann, wenn wieder einmal ein Mann meines Kalibers geboren werden sollte ...

Trotz seiner Zweifel ließ Lord Elliot ein Geschütz einer Achtundvierzigpfünder-Batterie heranbringen. Nun visierte ich durch mein Fernrohr das feindliche Geschütz an, und im selben Augenblick, da ich wahrnahm, daß der Feuerwerker die brennende Lunte an das Zündloch hielt, gab ich das Zeichen zum Abschuß meines Achtundvierzigpfünders.

Meine Rechnung ging in geradezu wunderbarer Weise auf. Ungefähr in der Mitte des Weges prallten die Kugeln aufeinander. Das ergab ein ungewöhnliches Schauspiel. Die kleinere feindliche Kugel wurde nämlich von meiner größeren zurückgeschleudert, so daß sie nicht nur dem Feuerwerker, der sie abgeschossen hatte, sondern auch sechzehn seiner Kameraden glatt den Kopf vom Rumpfe trennte. Doch damit nicht genug. Sie hob auch die Kanone, aus deren Rohr sie gekommen war, von ihrer Lafette und schleuderte sie in den Kielraum eines Belagerungsschiffes, das uns gerade ziemlich belästigte. Dieses Schiff, eine spanische Fregatte mit tausend Mann Besatzung, sank auf der Stelle.

Lord Elliot bot mir als Belohnung für diese Tat sogleich an, mich zum Offizier in seiner Armee zu machen. Doch mußte ich die beabsichtigte Auszeichnung leider ablehnen, wobei ich in aller Bescheidenheit darauf hinwies, daß meine Leistung nicht ganz ohne Mithilfe des Zufalls zustande gekommen sei. Mein Kanonier hatte sich nämlich geirrt und doppelt soviel Pulver als angeordnet auf die Pfanne geschüttet.

Trotzdem ließ der General nicht ab, meine Tat zu preisen, und so fühlte ich mich verpflichtet, ihm noch einen Dienst zu leisten. Überhaupt habe ich eine Schwäche für Engländer, sie sind ein braves Volk und mit Unrecht so sehr wegen ihrer Absonderlichkeiten verschrien.

Wir bemerkten eines Tages eine verdächtige Unruhe im Lager unserer Feinde, ein Kommen und Gehen und das Eintreffen zahlreicher Transporte. Wir schlossen daraus, daß Anstalten zu einem Generalangriff getroffen würden, und ich machte mich erbötig, ihn im Keime zu erstikken. Ich verkleidete mich als Priester und verließ kurz nach Mitternacht die Festung. Mein Gewand gewährte mir solchen Schutz, daß ich nicht nur ungehindert die Postenlinie des Feindes passieren, sondern mich auch in das Lager selbst und dort gar in das Zelt des Befehlshabers, Graf Artois, einschleichen konnte.

Der Graf hatte soeben seine Offiziere um sich versammelt, um ihnen letzte Anweisungen für den schon auf den nächsten Morgen angesetzten Sturm zu erteilen. Da war ich also im rechten Augenblick gekommen!

Nachdem die Besprechung beendet war, wies der Befehlshaber Offiziere und Mannschaften an, sich noch gehörig durch einen guten Schlummer zu stärken, und bald war denn das ganze Lager in tiefen Schlaf versunken. Das, was mein Gefährte von meinem Geschütztransport über das Marmarameer berichtet hatte, war nur eine Kleinigkeit gegenüber meinem jetzigen Beginnen. Ich hob die Kanonen, angefangen von den größten bis zu den kleinsten, zusammen über dreihundert Stück, von ihren Unterlagen und warf sie drei Meilen in die See hinaus. Da ich dies alles allein und ohne Hilfe schaffen mußte, kann man mir glau-

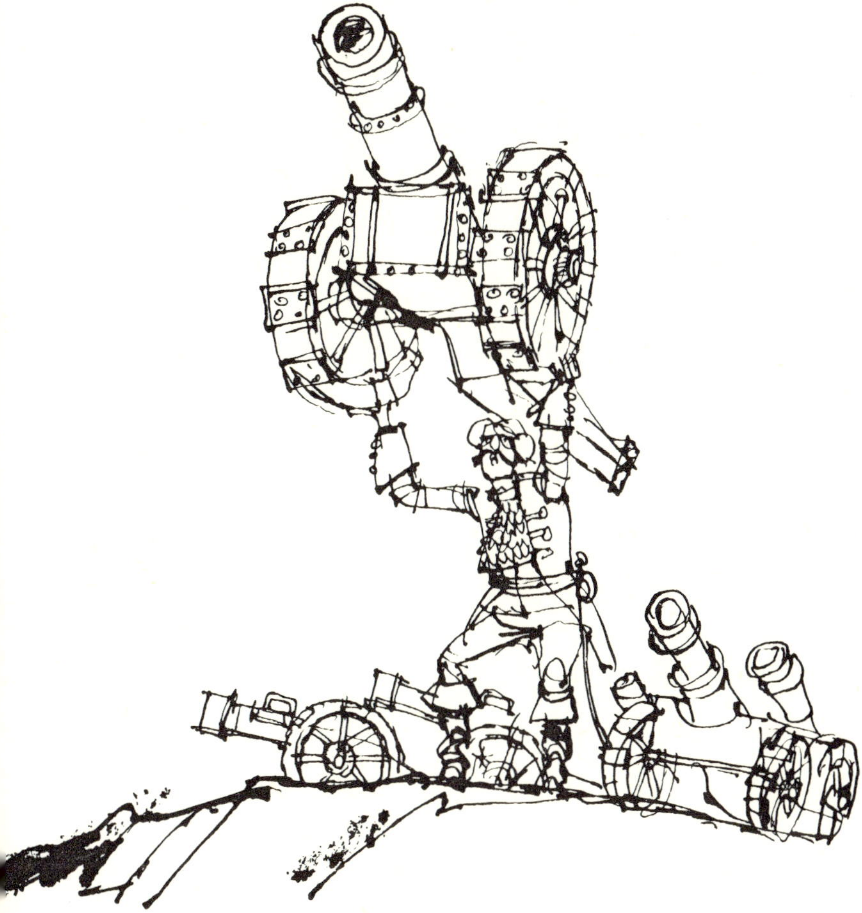

ben, wenn ich versichere, daß dies die schwerste Arbeit war, die ich je in meinem Leben verrichtete.

Und damit nicht genug. Nachdem nun die Geschützrohre am Grunde des Meeres ruhten, nahm ich die Lafetten, immer je zwei, unter die Arme und häufte sie in der Mitte des Lagers zusammen. Dann schleppte ich die Gepäckwagen herbei, türmte sie obenauf, und so entstand ein Berg, der an Höhe dem Felsen von Gibraltar nicht viel nachstand. Um diesen riesigen Haufen Zeugs nun in Brand zu setzen, schlug ich ein von einer Kanone abgebrochenes Stück Rohr an einem Kiesel, den ich erst aus der Erde herausscharren mußte; er gehörte nämlich zu einer noch von den Arabern gebauten Mauer und steckte zwanzig Fuß tief im Erdboden. Mit Hilfe dieses Riesenfeuerzeugs entbrannte ich eine Lunte und zündete den Haufen an.

Um jedem Verdacht zu entgehen, war ich der erste, der Lärm schlug. Das ganze Lager geriet, wie man sich leicht vorstellen kann, in schreckliche Erregung und Unruhe. Der Befehlshaber meinte, daß an diesem Vernichtungswerk mindestens acht englische Regimenter beteiligt gewesen sein müßten, und erklärte sich ihr heimliches Kommen und Verschwinden damit, daß die Wachen seines Heeres bestochen worden wären.

Dies alles wirkte nun zusammen, Graf Artois samt seinen Offizieren und Mannschaften gänzlich den Mut und die Lust an einer Fortsetzung der Belagerung zu nehmen. Am nächsten Morgen war das Heer des Grafen Artois verschwunden. Es floh von Angst gepeinigt ohne anzuhalten bis Paris. Und so schlimm wirkte der überstandene Schrecken, daß die Leute, in Paris angekommen, drei Monate lang kein Essen zu sich nehmen konnten und nur von der Luft lebten.

An Stelle der Franzosen rückten nun Spanier in den Belagerungsring ein, und auch über die Erlebnisse mit ihnen habe ich manch artiges Stücklein zu erzählen.

Münchhausens Wunderschleuder
oder der Spaziergang auf dem Meeresgrund

Die neuen Feinde führten sich gleich furchtgebietend ein. Ich speiste gerade mit Lord Elliot zu Mittag, als eine Bombe durchs Fenster hereingeflogen kam und sich just mitten auf unserer Tafel aufbaute. Der General erschrak über diesen gefährlichen Tafelschmuck so sehr, daß er eilends durch die Tür das Weite suchte. Ich indes packte das Geschoß und trug es auf die Spitze des Gibraltarfelsens. Dort gewahrte ich auf dem gegenüberliegenden Hügel verdächtige Bewegung und zog mein Teleskop hervor, um die Sache näher in Augenschein zu nehmen.

Wer beschreibt mein Entsetzen und meine Empörung, als ich bemerken mußte, daß man Anstalten traf, zwei britische Offiziere, die sich am Abend vorher als Kundschafter in die feindlichen Linien geschlichen hatten, als Spione am Galgen aufzuhängen. Mein Entschluß, sie zu retten, stand im Augenblick fest. Um die Bombe mit meiner Muskelkraft allein bis zum Punkt der Hinrichtungsstätte zu werfen, schien mir die Entfernung doch ein wenig groß zu sein. Doch trug ich Gott sei Dank eine Schleuder in meiner Tasche – über ihre vornehme Abkunft werde ich später Näheres mitteilen –, und auf diese legte ich die Bombe.

Dann schnellte ich das Geschoß ab, und – denken Sie, meine Herren, wie wunderbar sich alles fügte! Die Bombe schlug just in der Sekunde auf dem Galgenhügel ein, als meine beiden britischen Freunde am Strang baumelten. Dadurch wurden alle an der Hinrichtung Beteiligten getötet mit Ausnahme der Delinquenten selbst. Denn diese befanden sich zum Zeitpunkt der Explosion schon hochschwebend in der Luft. Deren Druck zerriß die Schlingen, die ihren Hals einschnürten, sie stürzten zur Erde nieder und waren auf diese wunderbare Weise befreit.

Die beiden Offiziere rannten nun nach der Meeresküste, trafen dort ein spanisches Fischerboot an und nötigten die Insassen, sie in den Hafen von Gibraltar zu rudern. Wenige Minuten, nachdem ich selbst von dem Felsengipfel ins Hauptquartier zurückgekehrt war und General Elliot alles berichtet hatte, trafen die beiden geretteten Offiziere bereits bei uns ein. Man kann sich leicht ausmalen, was für ein gegenseitiges Beglückwünschen es nun gab. Abends feierten wir das frohe Ereignis noch ausgiebig bei Wein und Musik.

Ich hatte bisher noch keine Gelegenheit, von meiner Wunderschleuder zu berichten. Dieses Versäumnis möchte ich nun schnell nachholen. Dieses Ding soll dieselbe Schleuder sein, mit der einst David den Riesen Goliath erlegte, und angesichts der guten Erfahrungen, die ich mit ihr machte, möchte ich dies beinahe auch selber glauben. Mein Vater pflegte eine lange Geschichte darüber zu erzählen, wie diese ausgezeichnete Waffe auf langen Umwegen von Palästina nach Ägypten kam und in späterer Zeit dann nach England. Fest steht, daß man sie dort unter anderem auch im Besitz des Dichters Shakespeare antrifft. Neuerdings geht, wie Sie wissen, das Gerücht um, der große Dichter habe sich in jungen Jahren als Wilddieb betätigt und sich dabei der Wunderschleuder Davids bedient. Ein englischer Edelmann namens Sir Thomas Lucy, der unweit von Stratford, dem Geburtsort des unvergleichlich großen William, einen ausgedehnten Landsitz besaß, soll der Hauptleidtragende von des Dichters Jagdleidenschaft gewesen sein. Wenn es wirklich so war, dann hat Sir Thomas seine Rächer gefunden: Heute scheint es ja bei den deutschen Stückeschreibern Mode geworden zu sein, in Shakespeares Dichtergarten auf Diebstahl auszugehen ...

Bei einem Besuch in England hörte mein Vater nun von der berühmten Schleuder, und es gelang ihm tatsächlich, ihren Verbleib aufzuspüren und sie zu erwerben. Er war so stolz auf das Ding, daß er es immer bei sich führte, und das sollte ihm sehr von Nutzen sein. Bei einem Spaziergang am Strand von Harwich sah er ein riesiges Seepferd in grimmiger Wut auf ihn zurasen.

Schnell hob er zwei Kieselsteine auf und schoß mit wohlgezielten Treffern dem Ungeheuer erst das eine und dann das andere Auge aus. Darauf schwang er sich auf seinen Rücken und trieb es weit hinaus in die See. Denn mit seinem Augenlicht hatte es auch seine Wildheit verloren und ließ sich, so wie mein Vater es erwartet hatte, fügsam von ihm lenken. Dabei verwendete er die Schleuder als Zaumzeug, indem er dem Seepferd den Strang aus elastischen Sehnen ins Maul legte und den Griff der Schleuder als Zügel in der Hand behielt.

Nun muß man wissen, daß mein Vater zeitweise unter griechischen Schwammtauchern gelebt und von ihnen die Kunst gelernt hatte, seinen Atem stundenlang anzuhalten. Dies ermöglichte ihm nun, sein Reittier auf den Grund des Meeres zu lenken und sich so einem Erlebnis hinzugeben, das meines Wissens noch keinem Sterblichen zuteil wurde: ein Spaziergang in der Meerestiefe. Es mag eine Zeit kommen, in der alles, was ich berichte, gar nicht so phantastisch erscheinen mag wie vielleicht Ihnen, meine Herren. Denn die Jahre schreiten fort, und was heute als Wunder bestaunt wird, kann morgen alltägliche Wahrheit sein. Denken

Sie daran, wenn ich Ihnen jetzt über die Spazierfahrt auf dem Meeresgrund und über die Paläste der Fische einiges Bemerkenswertes erzähle.

Was meinen Vater zunächst am meisten verwunderte, war, daß viele Fische sich da unten in der grünen Tiefe in einem Kreise versammelten und wunderschöne Chöre sangen. Es handelte sich allerdings um keine gewöhnlichen Fische, sondern sie trugen den Kopf in der Mitte des Leibes und oft sogar am Schwanz. Sie hatten sich herrliche Paläste gebaut. Es gab darin Fürsten – und Schlafzimmer wie in unseren Schlössern. Besonders viel Liebe verwendeten jene Kaltblüter auf ihre Nachkommenschaft. Da gab es Säle, in denen man den Laich auf eine so sorgfältige Art pflegte, wie sie für die Kinder der Menschen leider nicht überall gang und gäbe ist. Denn auch der Erziehung der jungen Fischbrut war eine Reihe weiterer großer Räumlichkeiten gewidmet. Mein Vater konnte dies alles genau beobachten, weil die Wände der Paläste durchsichtig wie Glas waren, obgleich sie aus reinstem Feuer bestanden.

Doch ich schweife ab. Ich bin Ihnen noch die Fortsetzung des Spazierritts meines Vaters in der Meerestiefe schuldig. Er kam da an eine Gebirgskette, die mindestens so hoch ist wie die Alpen. Auf den Felsen, wo immer nur Platz dafür ist, wachsen Bäume, und ihr Anblick ließ ihm die Augen übergehen. Statt der Blätter und Früchte tragen diese Bäume die mannigfaltigsten Tiere auf ihren Zweigen, wie zum Beispiel Hummer, Austern, Muscheln, Seeschnecken und so weiter. Ein einziger Baum liefert eine Ausbeute, mit der man einen ganzen Lastwagen beladen könnte. Und dabei sind die Früchte dieser Meeresbäume so wohlschmeckend, daß einem alles, was von der Art an das Ufer der Meere gespült und auf den Märkten verkauft wird, dagegen wie schales, elendes Zeug vorkommt. Mein Vater gebrauchte den sehr bildhaften Vergleich, daß die von unseren Fischern und Strandsuchern heimgebrachte Beute dem Fallobst gleiche, das der Wind aus dem Gezweige wirft, während die frisch vom Meeresbaum gegessenen »Früchte«, die man in Italien sehr mit Recht auch »frutti di mare« nennt, wie jene Äpfel und Birnen munden, die man sich selber abpflückt.

Die Hummerbäume schienen meinem Vater am reichsten von Früchten behangen, während ihm die Austernbäume als die größten dünkten.

Die kleinen Seeschnecken wachsen auf Sträuchern, die am Fuß der Austernbäume stehen und sich bisweilen wie Efeu an deren Stämmen hochranken.

Auch ein untergegangenes Schiff sah mein Vater. Es lag gerade zwischen den Hummer- und Krebsbäumen, und dadurch, daß es beim Niedersinken sowohl Hummer als auch Krebse von ihren Zweigen herabgeschlagen hatte, war ihm ein merkwürdiger, unfreiwilliger Züchtungserfolg beschieden. Der Schiffbruch war im Frühjahr geschehen, da die Krebse und Hummer noch sehr jung sind. Durch ihre Vereinigung entstand eine neue Rasse von Schalentieren, von denen mein Vater eine Probe zeigte. Sie scheint sich aber nicht mehr fortgepflanzt zu haben, denn keinem Fischer gelang es je wieder, ein zweites Exemplar dieser Gattung in seine Netze zu bekommen.

Nun begann mein Vater allmählich den Luftmangel unangenehm zu empfinden. Auch sonst war seine Lage in mancherlei Hinsicht anders als erquicklich. Von Zeit zu Zeit begegnete er großen Fischen, die Miene machten, ihn samt seinem Wellenpferd zu verschlingen. Da dieses ja blind war, lag es ausschließlich an der Geschicklichkeit und Geistesgegenwart meines Vaters, Roß und Reiter an den vielen Gefahren vorbeizusteuern.

Mein Vater spornte sein Seepferd nun mit aller Kraft an, denn seine Sehnsucht, trockenes Land zu gewinnen, wurde übermächtig. Er war jetzt an die drei Stunden unter Wasser gewesen und hatte dabei mindestens dreißig Seemeilen zurückgelegt. Nun merkte er an dem lichten Schein, der durch die grünliche Wasserflut drang, daß er sich einem Ufer näherte. Während des ganzen Ritts hatte er die Orientierung nicht verloren, und so wußte er, daß die Küste, die sich ihm in so freundlicher Weise ankündigte, die holländische sein mußte.

Wie er nun so schwungvoll und innerlich hochgestimmt auf dem Meeresungeheuer dahinsauste, bemerkte er unter sich im Sande etwas liegen, das ihm wie ein menschlicher Körper vorkam. Sofort hielt er sein Seeroß an, um den Fund näher zu untersuchen. Sein Herz stockte. Es war eine Frau, in deren Leib noch ein Funken Leben flackerte. Ihre Hand bewegte sich ein wenig, als ob sie um Rettung und Hilfe flehen wollte. Mein Vater hob die Ertrunkene oder besser gesagt die Ertrinkende auf seinen Renner und erreichte kurz darauf mit seiner Last den Strand.

Retter und Gerettete hatten wirklich Glück! Ein Dorf winkte in der Nähe, viele Menschen strömten herbei, darunter ein Apotheker und ein Schenkwirt, der eben in seiner Kneipe einen Aushang der Lebensrettungsgesellschaft mit Belehrungen über Wiederbelebungsversuche bei Ertrunkenen angeschlagen und durchgelesen hatte. Mein Vater, der, wie schon bemerkt, die Kunst des stundenlangen Atemanhaltens beherrschte und daher vom Ertrinkungstod kaum bedroht war und auch für die Mittel zu seiner Verhinderung begreiflicherweise nur wenig Interesse zeigte, wurde so der Unterstützung von zwei Lebensrettungsspezialisten teilhaftig. Den vereinten dreifachen Bemühungen gelang es auch, das Fünkchen Leben wieder zur hellodernden Flamme zu entfachen.

Das Erstaunlichste nun war, daß die dem Leben Neugeschenkte nicht etwa ein neues Leben beginnen wollte, sondern dieses genau dort fortzusetzen wünschte, wo es unvermittelt abgebrochen war. Sie gehörte nämlich zur Gattung der Eifersüchtigen, und Eifersucht war auch die Ursache ihres Mißgeschicks. Sie hatte sich eingebildet, daß ihr Gatte, der Kapitän eines Kauffahrteischiffes, eine Frauensperson an Bord genommen hatte, von der sie annahm, sie mache Jagd auf ihren Herzallerliebsten. So nahm sie das erstbeste Ruderboot und setzte darin ihrem Gatten nach. Sie kam in diesem gebrechlichen Fahrzeug, es ist wirklich zum Staunen, von England über den Kanal fast bis zur niederländischen Küste, wo sie plötzlich unterging.

Der von der Eifersüchtigen verfolgte Kapitän hatte aber nun gerade bei jenem Dorf, das über einen recht ansprechenden Naturhafen verfügte, Anker geworfen. So kam es, daß das Paar bald wieder vereinigt wurde. Als der Kapitän seine Ehegefährtin zu Gesicht bekam, murmelte er, daß niemand seinem Schicksal entrinnen könne. Er fügte sich in seinen Stern, und beide sollen später noch sehr glücklich geworden sein.

Damit wäre unsere Geschichte zu Ende. Doch wird Sie, meine Herren, gewiß noch interessieren, was aus dem Seepferd und der Wunderschleuder wurde. Nun, das Seepferd hat mein Vater sozusagen verschleudert, indem er es für nur siebenhundert Dukaten jenem Wirt verkaufte, der sich an der Wiederbelebung der Ertrunkenen beteiligt hatte. Dieser ließ es ausstopfen und stellte es in seinem Lokal gegen Eintrittsgeld zur Schau, wo es mächtig viele Neugierige anlockte und mächtig viel Zinsen brachte.

Die Schleuder verschleuderte sich leider selbst. Bei dem Schuß, der meinen britischen Freunden das Leben rettete, opferte sie sich selber auf. Die ungeheure Spannung, in die ich sie für den gewaltigen Schuß versetzen mußte, zerriß Sehnen und Haltegriffe in tausend Stücke, und nichts als ein paar armselige Splitter verblieben mir, die ich meinem Familienmuseum einverleibte. Wenn Sie Lust haben, sich dieses Andenken anzusehen, so führe ich Sie gern durch meine Sammlung.

Ich bin aber nun von meinen eigenen Erlebnissen in Gibraltar abgekommen. Allerdings gibt es da nicht mehr viel zu berichten. Denn die Felsenfestung hatte sich dank meiner Mithilfe solchen Respekt zu verschaffen gewußt, daß niemand mehr im Ernst daran dachte, sie den Briten zu entreißen. Somit war auch meine Mission dort erledigt, und ich konnte an die Heimreise denken.

Diese vollzog sich denn auch in recht wunderbarer Weise. Ich betone das Wörtchen »sich«, weil meine Rückfahrt zum größeren Teil ohne meine persönliche Einwirkung vonstatten ging. Sie war sozusagen mein letztes »Kanonenstückchen«, deren beste Proben ich Ihnen eben vorsetzte.

Ich inspizierte am 4. Juni den Artilleriepark der Festung Gibraltar. Dies hatte seinen besonderen Grund. Auf den vierten Tag des Heumonds fällt nämlich die Geburtsstunde des regierenden englischen Königs, und zu seinen Ehren sollte genau um ein Uhr mittags wie in allen englischen Garnisonen so auch in Gibraltar eine Ehrensalve abgefeuert werden. Ich hatte es auf Wunsch meines Gastgebers General Lord Elliot übernommen, dafür Sorge zu tragen, daß diese Salve aus allen Rohren klappe. Ich führte meinen Auftrag sehr gewissenhaft aus und prüfte die Ladung jeder Kanone nach. Da es in jenen Breiten um diese Jahreszeit mittags ungewöhnlich heiß zu werden pflegt, fühlte ich mich, noch ehe die Inspektion ganz beendet war, sehr müde. Weil nirgends eine Spur von Schatten zum Ausruhen zu entdecken war, kroch ich schnell entschlossen in ein Kanonenrohr. Die Sonne hatte nicht vermocht, das Metall durch und durch zu erhitzen, so war es darin recht angenehm kühl, und ich versank binnen kurzem in tiefen Schlaf.

Bald darauf marschierten die Artilleristen auf, um ihre Ehrensalve abzufeuern. Da ihre Aufmerksamkeit von der schwierigen Aufgabe, einen tadellosen Paradeschritt auf den Sand zu legen, vollkommen in Anspruch genommen wurde, entging ihnen mein Schnarchen aus der Tiefe des Kanonenschlundes heraus, und sie brannten das Ding, in dem ich den Schlaf des Gerechten schlief, unbekümmert ab.

Da die Kanone unter meiner Überwachung geladen worden war, war sie gut geladen! Also hatte ich es eigentlich mir selbst zuzuschreiben, daß mich der treffliche Schuß bis nach England schleuderte, wo ich auf einem Heuhaufen im Gutshof eines Landpächters, nicht weit von London, niedersank.

Ich weiß nun nicht, ob mein Schlafbedürfnis noch immer so groß war oder ob ich von der Luftreise in Betäubung versetzt wurde – jedenfalls schnarchte ich auf dem Heuhaufen noch weiter, und zwar gleich mehrere Monate lang. Vielleicht würde ich heute noch derart schnarchen, wenn der Preis für Heu nicht auf einmal überraschend gestiegen wäre. Der Pächter witterte ein gutes Geschäft und verkaufte das Fuder Heu, auf dem ich ruhte, an einen Händler. Die Knechte, die den Heuhaufen abtrugen und auf einen Wagen verluden, weckten mich auf. Von dem langen Schlaf war ich aber so benommen, daß ich nicht gleich ganz zu mir kommen konnte. Ich wälzte mich hin und her und fiel schließlich von dem Heuhaufen hinunter und dem Pächter genau aufs Genick. Um dieses Genick war's ob solcher Begrüßung freilich geschehen. Es brach mitten durch, und der Pächter mußte das Zeitliche segnen.

Damit hatte ich aber ein gutes Werk getan. Jener Pächter war nämlich der geizigste Schurke im ganzen Königreich und als übler Preistreiber berüchtigt von Schottland bis Cornwall. Auf Grund meines Falls und seines Todes fielen die Heupreise in England um die Hälfte, was sich wieder auf die Fleischpreise auswirkte. So kam es, daß das Volk in England mich als seinen Retter pries.

Die Verwunderung meiner Freunde in London läßt sich leicht ausmalen, als sie mich, den sie seit Monaten verschollen wähnten, wieder in ihre Mitte treten sahen. Leider muß ich bekennen, daß man der Geschichte meiner wunderbaren Reise von Gibraltar nach England nur wenig Glauben schenkte. Es ist eben mein Unglück, zu früh zu leben, denn alles, was mir begegnet ist und was den Menschen heute so außergewöhnlich vorkommt, das werden unsere Nachfahren als Selbstverständlichkeit empfinden.

Sie bezweifeln das, meine Herren? Ich kann Ihnen diesen Zweifel nicht verbieten, sondern Sie nur bitten, ein Gläschen mit mir zu leeren auf die phantastische, unglaubwürdige und großartige Zukunft des Menschen!

Münchhausen auf Polarfahrt

Es ist neuerdings Mode geworden, im nördlichen Eismeer auf Entdeckungsfahrt auszugehen. Mancher brave Kapitän wird von der Prämie, die die englische Regierung für die Entdeckung eines nördlichen Seeweges von Grönland nach Alaska ausgesetzt hat, dazu verführt, sich mit Eisbergen und Eisbären herumzuschlagen. Von meinem guten Freund, Kapitän Phipps, möchte ich allerdings nicht behaupten, daß er des Geldes wegen auf Polarfahrt ging. Er wählte sich eine Gegend aus, in der es keine Preise zu erwerben gab, sondern nur Gelegenheit, den Ruhm der britischen Marine zu vermehren – das Meer nördlich der Insel Spitzbergen.

Als er mich einlud, ihn auf dieser Reise zu begleiten, sagte ich sofort begeistert zu. Auch mir ging es nicht um Geld, sondern nur um neue Erlebnisse. Man lernt eben immer gerne zu. Wenn ich freilich geahnt hätte, daß mich diese Reise die Zuneigung von Kapitän Phipps kosten würde, wäre ich lieber zu Hause geblieben.

Wir hatten eine nördliche Breite von achtzig Grad erreicht, und noch nie ist bisher ein Polarforscher so nahe an den Pol herangekommen. Meine Gewohnheit war es, in regelmäßigen Abständen mit meinem Teleskop, von dem ich Ihnen ja schon erzählte, den Horizont abzusuchen. Man soll dies auf Reisen übrigens immer tun, es lassen sich so oft große Gefahren vermeiden. Ich glaube freilich, daß Kapitän Phipps meine

Teleskopbeobachtungen nicht gerne sah, denn dafür war sein Mann im Ausguck zuständig.

In der Tat gelang es mir, diesen zu übertrumpfen. Wir steckten eben mitten in Eisbergen drin, die höher als unsere Maste waren und deren Gipfel frech auf unser Deck herunterlugten. Und auf einer dieser Spitzen entdeckte ich nun zwei Eisbären, die in einem hitzigen Zweikampf auf-

einander losgingen. Dem Maat im Ausguck war dies völlig entgangen.

Ich hängte mein Gewehr um und machte mich sofort auf den Weg zu den streitenden Bestien. Freilich hatte ich die Mühsale und Schrecknisse dieses Ausflugs unterschätzt. Ich mußte über Eiswände klettern, die so glatt wie ein Spiegel waren und mich meist heimtückisch in dem Augenblick wieder abwiesen, als ich sie schon bezwungen glaubte. Ich rutschte dann wie der Blitz die Hänge wieder hinab und mußte den Aufstieg von vorne beginnen. Kletterte ich dann aber doch glücklich über solche Eiswände hinweg, dann taten sich plötzlich Abgründe vor mir auf, die ich nur durch tollkühne Sprünge zu überqueren vermochte. Sogar harmlos aussehende Schneefelder beanspruchten alle meine Kräfte, da mein Schreiten auf ihnen aus einem unausgesetzten Fallen und Wiederaufstehen bestand.

Endlich auf dem Gipfel angekommen, den ich für so nahe gehalten hatte und der doch so weit entfernt war, stellte ich zu meinem Erstaunen fest, daß die beiden Bären gar nicht miteinander kämpften, sondern nur spielten. Sie waren dabei sehr possierlich, und es machte Vergnügen, ihnen zuzusehen. Trotzdem überschlug ich im Geist den Wert ihrer Felle, denn jeder war so groß wie ein gutgemästeter Ochse. So ist eben der Mensch – die Anmut und Schönheit der Geschöpfe der Natur wird für ihm zum reinen Rechenexempel, und was ihm gefällt, das tötet er. Doch halt, diesmal machte die Natur einem allzu beutegierigen Menschen vorerst einmal einen Strich durch die Rechnung. Als ich mein Gewehr anlegte, verlor ich durch die hastige Bewegung auf dem glitschigen Boden das Gleichgewicht und rutschte den Berg, den ich eben hinaufgeklettert war, in sausender Fahrt wieder hinab.

Diese Fahrt, die man schon eher als einen Sturz bezeichnen könnte, beraubte mich für eine halbe Stunde aller meiner Sinne. Stellen Sie sich nun mein Entsetzen vor, als ich mich beim Erwachen mitten in einem Kreis von Eisbären befand. Sie betrachteten mich voll Neugier, einer der riesigen Burschen beleckte den ledernen Bund meiner Hose, wahrscheinlich hielt er mich für einen Seehund oder ein anderes Lebewesen, das den weißen Bären zur Nahrung dient. Jedenfalls war seinen Bemühungen zu entnehmen, daß er mich zu seinem Mittagsbraten auserkoren hatte.

Da konnte nur rasches Handeln helfen. Ich bekam mein Taschenmesser frei – Sie können es in meinem Familienarchiv besichtigen – und schnitt damit dem Ungeheur zwei Zehen seines rechten Vorderfußes ab. Der Bär stieß ein schreckliches Schmerzensgeheul aus und wich ein paar Schritte von mir zurück. Die Atempause, die mir dadurch gewährt wurde, genügte, um meine Verteidigung ins Werk zu setzen. Es gelang mir, mein Gewehr aufzunehmen, und ich schoß die Bestie über den Haufen.

Der Schuß zeitigte ungewöhnliche Folgen. Zwar wurde ich den einen der lästigen Bedränger los, aber dafür erhoben sich auf der großen Eisfläche, auf der ich mich befand, Tausende seiner Artgenossen. Sie hatten nämlich Mittagrast gehalten, doch, weil sie sich mit ihren weißen Pelzen von ihrer Umgebung nicht abhoben, hatte ich sie nicht bemerkt. Nun strömten sie von allen Seiten herbei.

Es war nicht viel Zeit zu verlieren, wenn ich ihrer Blutgier glücklich entrinnen sollte. An eine Flucht war angesichts der Einkreisung nicht zu denken, auch hätte ich, um die Bande mit Pulver und Blei abzuwehren, eine ganze Batterie von Kanonen benötigt. Nur ein guter Einfall konnte mich retten, und der kam mir auch wirklich wie vom Himmel gesandt.

Etwa in der halben Zeit, die ein geübter Jäger braucht, um einem Hasen den Balg abzustreifen, zog ich dem toten Bären seinen Pelz aus, wobei ich nur das Taschenmesser als Instrument benützte. Ich stülpte mir das Fell über, und kaum war das geschehen, hatte sich auch schon die ganze Herde um mich versammelt. Die Burschen schnüffelten an mir herum, um zu prüfen, ob ich auch wirklich ihresgleichen sei. Mir wurde in meiner Verkleidung abwechselnd heiß und kalt. Ihre Begutachtung schien positiv auszufallen, und sie hielten mich für einen Bruder Petz, natürlich für einen jüngeren ihres Geschlechts, denn die ausgewachsenen Exemplare der Herde überragten mich um Haupteslänge. Aber nicht nur das. Sie fanden auch Gefallen an mir und forderten mich auf, mit ihnen zu spielen.

Das geschah in der Weise, daß sie mich zu umtanzen begannen, auch stießen sie allerlei lustige und freundliche Brummlaute aus. Mir blieb nichts anderes übrig, als mitzumachen. Heißa, wie hopste ich da mit den weißen Kerlen im Kreis herum! Es war sozusagen ein Tanz um das Leben. Ich bemühte mich auch, das Brummen nachzuahmen, und das gelang mir vortrefflich. Die Bande wurde immer vergnügter und wünschte, sich mit mir herumzubalgen. Da war nun freilich die Gefahr, in meiner Menschennatur erkannt zu werden, ungeheuer groß. Denn ich konnte ihrer riesigen Kraft nichts Gleichwertiges entgegensetzen. Sie warfen mich zu Boden, wie sie nur Lust hatten, und rollten mich wie eine Kugel durch den Schnee. Dies schien ihnen besondere Freude zu machen. Sie tanzten und tollten immer wilder und waren im ganzen so freundlich, daß ich fast so etwas wie Zuneigung zu diesen wilden Tieren empfand.

Doch ich konnte aus meiner Menschenhaut nicht heraus, auch wenn ich in ein Bärenfell geschlüpft war. Sie blieben freundliche Tiere, und ich ein böser Jäger, der während des Spiels damit begann, sich Gedanken darüber zu machen, wie er möglichst viele seiner Spielgefährten töten könnte, um ihre Felle zu verwerten. Die Vertraulichkeit, die sie mir entgegenbrachten, dankte ich ihnen also schlecht, aber ich konnte nicht wider meine eigene Natur handeln.

Ich hatte von einem alten Feldscher gehört, daß eine Verwundung des Rückgrates unbedingt tödlich sei. Dies wollte ich nun bei meinen Spielgefährten ausprobieren. Ich nahm mein Messer wieder zur Hand und stieß es dem größten Bären nahe bei den Schultern in den Nacken – ein gewagter Streich, denn ich wußte, daß er mir das Leben kosten konnte, wenn er mißlänge. Überlebte das Tier den Angriff, dann wurde ich in Stücke gerissen!

Doch meine Rechnung ging wunderbar auf. Der Bär fiel wie vom Blitz gefällt tot zu meinen Füßen nieder, ohne auch nur einen Laut von sich zu geben. Nun beschloß ich, alle übrigen auf die gleiche Weise zu erlegen. Und diese machten es mir auch gar nicht schwer. Obgleich sie ihre Brüder zur Rechten und zur Linken niedersinken sahen, kamen sie doch weiterhin zutraulich zu mir und wurden dann auf die gleiche Weise in jene Gefilde befördert, wo nach dem Glauben der Eskimos die Nahrung nie zur Neige geht. Nachdem ich Tausende Eisbären getötet hatte, kam ich mir vor wie Samson, der Übermensch.

Ich holte die Schiffsmannschaft herbei, die mir half, die Bären abzuhäuten. Von ihrem Fleisch nahmen wir nur die Schinken und salzten sie ein. Ich bin zwar der Überzeugung, daß auch die anderen Teile des Bärenfleisches gut schmecken, aber der Kapitän weigerte sich, sie zu übernehmen, und so mußten wir sie ins Meer werfen. Freilich hatte er Mühe, die riesige Beute auf dem Schiff unterzubringen, denn tausend Bärenfelle und zweitausend Bärenschinken beanspruchen schon einigen Platz.

Als wir zurückkamen, übersandte ich die Bärenschinken den Spitzen der britischen Marinebehörden als Geschenk, die Felle aber ließ ich Ihrer Majestät, der Kaiserin von Rußland, überreichen. Sie dankte mir dafür in überschwenglicher Weise. In einem eigenhändig geschriebenen Brief trug sie mir an, ihr Gemahl zu werden. Allein, da es mich nie nach königlichen Würden gelüstet hatte, lehnte ich Ihrer Majestät Gnade mit den feinsten und gefühlvollsten Ausdrücken ab. Es wird berichtet, daß sie darüber in Trübsinn verfiel, der schließlich sogar ihre Todeskrankheit auslöste. Ein zweiter Brief, den ich noch von ihrer Hand erhielt, deutete das nahende Unheil bereits an.

Ich weiß nicht, was die Damen an mir finden, aber mein Glück bei ihnen ist ungewöhnlich groß. Die Kaiserin von Rußland war nicht das einzige gekrönte Haupt, das mir seine Hand anbot. Noch andere mächtige Herrscherinnen zählen zum Kreis meiner Verehrerinnen, doch ich verschweige aus Diskretion selbstverständlich ihre Namen.

Der Bericht, den ich eben über meine Polarabenteuer erstattete, widerlegt gleichzeitig auch alle Gerüchte und Vorwürfe, Kapitän Phipps hätte noch weiter nach Norden vorstoßen, ja vielleicht sogar den Pol erreichen können. Die gewaltige Ladung, die er für mich aufnehmen mußte, zwang ihn einfach zur Umkehr. Leider hat Kapitän Phipps, der jetzige Lord Mulgrave, mir sein Eintreten für ihn nicht gedankt. Er neidete mir den gewaltigen Sieg über die Bären, der als Bärenfelltag in die Geschichte der britischen Marine einging. Deshalb versuchte er, meinen Erfolg auf alle erdenkliche Weise zu schmälern. So behauptete er, es sei nicht recht von mir gewesen, die lieben, freundlichen Bären damit zu betrügen, daß ich mich als ihresgleichen ausgab. Nur wenn ich als Mensch unter sie getreten wäre und dann einen gleichen Sieg errungen hätte, durfte ich auf seine Anerkennung zählen.

Der Hund, die Rebhühner und die Katze

Ein wundersames Erlebnis mit Tieren hatte ich auch auf einer anderen Seereise. Es ließ mich einen tiefen Blick in ihre Seele tun und bewies mir nebst ihrer Überlegenheit über den Menschen in vielen Dingen auch noch, daß die Behauptung von Feindschaften unter den Tieren wirklich nur ein Märchen ist.

Die Seereise, von der ich spreche, ging nach Ostindien. Der Kapitän dieses Schiffes hieß Hamilton, und ich nenne seinen Namen mit einem Gefühl freundschaftlicher Erinnerung. Denn Hamilton war ein guter Seemann und Kamerad.

Ich hatte einen Hühnerhund bei mir, der nicht mit Gold aufzuwiegen war. Er versagte nie. Sein Name war Tray, was sich am besten mit Gehilfe oder treuer Geselle übersetzen läßt. Eines Tages, als wir noch mindestens dreihundert Meilen vom Land entfernt waren, gab Tray scharfen Laut. Er hob seine Vorderpfote auf die Reling, rührte sich nicht von der Stelle und bellte unentwegt die Wellen an. Ich rief den Kapitän und alle Offiziere zusammen und erklärte ihnen, daß Tray Wild wittere und wir uns möglicherweise nicht weit von Land befänden. Die ganze Besatzung des Schiffes lachte mich aus, denn wir konnten selbst bei günstigstem Wind nicht damit rechnen, vor einer Woche Land zu sehen. Trays Tüchtigkeit in Ehren, so hänselten sie mich, aber um auf dreihundert Meilen Entfernung Wild zu wittern, müsse Tray in direkter Linie von der Meute der Jagdgöttin Diana abstammen.

Ich ließ aber nicht locker mit meiner Behauptung, daß mein Hund keinesfalls grundlos Laut gebe, und bald war der heftigste Streit im Gange. Ich erklärte rundweg heraus, daß ich zur Nase meines Hühnerhunds mehr Zutrauen hätte als zu den Augen und Berechnungen aller Seeleute. Ich verstieg mich schließlich zur Kühnheit, dem Kapitän eine Wette in der Höhe von hundert Guineen vorzuschlagen, daß ein von ihm ausgesetztes Boot binnen einer Stunde Wild antreffen würde. Der Kapitän war nur unter der Bedingung bereit, auf die Wette einzugehen, daß ich mich erst einmal durch den Schiffsarzt auf meinen Geisteszustand untersuchen lasse. Ich war damit einverstanden. Der Medikus fühlte mir den Puls, horchte mich ab und stellte auch sonst noch einige Proben an, die ihn zur Überzeugung brachten, daß ich weder Fieber hätte noch geistesverwirrt sei.

Der Kapitän gab sich noch nicht zufrieden und sagte: »Ich behaupte dennoch, daß unser guter Mister Münchhausen im Augenblick geistig nicht normal ist. Ich kann die Wette nicht annehmen.«

»Ich bin ganz entgegengesetzter Meinung«, versicherte der Arzt. »Es fehlt unserem Mister Münchhausen nicht das mindeste. Und ich denke, seine Vermessenheit, die Nase eines Hundes über den Verstand von Offizieren zu setzen, sollte dadurch bestraft werden, daß er hundert Pfund bezahlen muß. Denn er wird, ja, er muß die Wette verlieren.«

Während dieser ganzen Auseinandersetzung hatte Tray immer in der gleichen Stellung verharrt. Dies bestärkte mich in meinem Vertrauen zu dem Hund immer mehr, und ich verkündete großspurig: »Ich will Ihnen verraten, daß die hundert Guineen, die ich als Wetteinsatz geboten habe, meine ganze Barschaft darstellen, die ich mit auf die Reise nahm. Sie mögen daraus, meine Herren, ermessen, wie sicher ich meiner Sache bin.«

So fand sich denn nach diesem langen Hin und Her der Kapitän doch bereit, meinen Wettvorschlag anzunehmen, allerdings mit der Einschränkung, mir das Geld wieder zurückgeben zu dürfen, wenn er es – woran kein Zweifel bestehe – mir abgewonnen habe.

Der Kapitän befahl also, beizudrehen und das lange Boot, das am Hinterteil des Schiffes verstaut war, zu Wasser zu lassen. Nachdem es mit Matrosen besetzt war, wurde, noch ehe die Ruderarbeit begann, auf meine Anweisung ein Netz ausgeworfen und siehe da – im Nu verfing sich ein großer Hai in ihm. Er wurde sofort an Bord gehievt und dort geöffnet.

Im Magen des Tieres fanden wir nicht weniger als sechs Paar lebendige Rebhühner. Die armen Geschöpfe waren schon so lange in diesem Gefängnis gewesen, daß eine von den Hennen auf fünf Eiern saß und brütete. Mein braver Tray hatte also das Landwild durch den Trangeruch des Hais hindurch gewittert – wahrhaftig eine wunderbare Probe seines Könnens.

Die jungen Vögel zogen wir mit einem Wurf kleiner Katzen auf, der wenige Minuten vorher zur Welt gekommen war. Die alte Katze hatte die Vögel so lieb wie ihre vierbeinigen Kinder, und entfernte sich eines der Hühner bei seinen ersten Flugversuchen zu weit von seiner Pflegemutter, so gab diese Zeichen einer schrecklichen Besorgnis kund.

Unter den übrigen Rebhühnern hatten wir vier Hennen, von denen immer einige brüteten, so daß wir während unserer ganzen Reise stets Überfluß an Wildbret auf des Kapitäns Tafel hatten. Dem braven Tray ließ ich zum Dank für die hundert Guineen, die er mir verschafft hatte, täglich die Knochen geben, bisweilen auch einen ganzen Vogel.

Münchhausens zweite Reise zum Mond

Ich habe schon einmal von einer Reise auf den Mond berichtet. Wie man sich erinnern wird, kletterte ich auf einer Bohnenranke zu unserem freundlichen Erdbegleiter empor, um mir die silberne Axt wieder zu holen, die das Zeichen meiner damaligen Würde als Sklave des Sultans war. Mein Aufenthalt auf dem Mond währte aber nur so kurze Zeit, daß ich keine näheren Beobachtungen anstellen konnte, was mir von Herzen leidtat. Wie ärgerlich zum Beispiel für mich, daß ich, sooft ich von meiner ersten Mondreise erzählte, begreiflicherweise mit Fragen bestürmt wurde, wie es dort aussehe, ob Menschen auf dem Monde lebten und so weiter, und ich vor meiner zweiten Mondfahrt keine Auskünfte darüber zu erteilen vermochte. So entstand in mir der lebhafte Wunsch, daß es mir vergönnt sein möge, die Reise in den Weltraum zu wiederholen und mir alles Wissenswerte einzuprägen. Die Gelegenheit ergab sich denn auch wirklich, und ich will, so gut es mein Gedächtnis erlaubt, von verschiedenen Dingen auf dem Mond berichten.

Meine zweite Mondreise kam durch einen äußerst glücklichen Zufall zustande, nämlich durch den Umstand, daß in der Südsee besonders günstige Winde wehten. Dorthin war ich als Begleiter eines entfernten Verwandten gelangt, der es sich in den Kopf gesetzt hatte, Gullivers phantastische Reiseberichte, wie sie uns der allseits verehrte Schriftsteller Jonathan Swift übermittelte, auf ihre Wahrheit nachzuprüfen.

Zuerst wollte er das Volk der Riesen, wie es Gulliver im Lande Brobdignan antraf, aufspüren. Wir fanden es aber nicht, sondern begegneten lediglich einigen fliegenden Männern und Frauen, die in der Luft Menuett tanzten. Ich hatte meinen Verwandten schon immer gewarnt, Swift zu glauben, und sah mich jetzt in meinen Zweifeln bestätigt. Am liebsten wäre ich umgekehrt, aber mit dem Versprechen, mich zum Erben einzusetzen, fesselte mich mein Gönner weiterhin an sich. So segelten wir also kreuz und quer durch die Südsee. Wir kamen an der Insel Tahiti vorbei, und achtzehn Tage später traten jene Ereignisse ein, von denen ich jetzt berichten will.

Es erhob sich ein ungeheurer Sturm, der uns über die Wasserfläche emporriß und uns höher und immer höher trug. Als wir uns etwa tausend Meilen über dem Ozean befanden, ließ der Orkan nach, doch hielten wir uns weiter auf der erreichten Höhe und schwebten so eine recht geraume Weile in der Luft. Endlich füllte wieder frischer Wind unsere Segel, und nun ging's mit unglaublicher Schnelligkeit. Die Erde unter uns wurde immer kleiner, dafür schienen die Gestirne immer näher zu rücken. Dann gerieten wir wieder in ein Wolkenmeer, und als wir daraus auftauchten, sahen wir vor uns Land, ein von silbernem Glanz zauberisch umflossenes Land. Wir umrundeten es, um einen bequemen Anlegeplatz zu finden, und überall strahlte uns das gleiche milde und herrliche Licht entgegen. Wir erkannten, daß die Insel, die wir erreicht hatten, unser lieber nächtlicher Erdtrabant, der schöne Mond war.

Wir liefen einen großen Hafen an. Die Wolken, aus denen wir hervorgekommen waren, verschwanden, und nun bemerkten wir ein Gestirn unter uns, das gewiß fünfmal so groß war wie der Mond, wenn wir ihn von der Erde aus betrachten. Also bestand kein Zweifel, daß uns von da unten die Erde mit den breiten Bändern ihrer Flüsse, den weiten Flächen der Meere, mit hohen Berggipfeln und grünen Fluren grüßte.

Das Mondland, das wir nun betraten, erwies sich als bewohnt. Wir entdeckten bald riesige Gestalten, die auf Geiern dahinflogen. Die Geier hatten drei Köpfe. Um einen Begriff von der Größe der Vögel zu geben, sei nur gesagt, daß die Spannweite ihrer Flügel die Länge des längsten Segeltaus auf unserem Schiff sechsmal übertrifft. Die Geier entsprechen unseren irdischen Pferden, sie werden von den Mondbewohnern als Verkehrsmittel benützt.

Gleich nach unserer Landung wurden wir vom König empfangen. Er wandte sich vor allem an mich und versicherte mir ein um das andere Mal, wie glücklich er sich schätze, meine Bekanntschaft zu machen, denn er habe schon viel von mir gehört. Ich sei, so meinte er weiter, gerade im rechten Augenblick gekommen. Er befände sich nämlich in einem Krieg mit der Sonne, und er würde ihn gewiß gewinnen, wenn ich eine Offiziersstelle in der Mondarmee übernähme. Ich erwiderte, daß ich mich durch diesen Antrag sehr geehrt fühle, aber ehe ich ihn anzunehmen wage, müßte ich erst die Verhältnisse auf dem Mond näher kennenlernen. Dies leuchtete dem König ein, und er gab mir die Erlaubnis, alles nach Belieben anzusehen.

Dem Kapitän und der Besatzung des Schiffes wurde diese Vergünstigung nicht gewährt, und so kehrten sie an Bord zurück, um dort die Beendigung meiner Mondbesichtigung abzuwarten. So kam es auch, daß ich als einziger von allen Erdenmenschen verbindliche Auskunft über den Mond zu geben vermag.

Was einem auf dem Mond zuerst ins Auge sticht, ist die unendliche Größe aller Gegenstände. Viele von den Lebewesen, die es auf der Erde gibt, traf ich auch auf dem Mond an, aber nur eben ins Ungeheure vergrößert. Eine Mondfliege zum Beispiel ist so groß wie ein Erdenschaf. Die Rettiche erreichen die Größe eines Wurfspießes, wie man sie im Mittelalter zur Jagd benützte. So werden die Rettiche auf dem Mond auch als Waffe gebraucht. Ist die Zeit der Rettiche vorbei, leisten Spargelstangen die gleichen Dienste. Als Schild benützen die Mondkrieger Steinpilze.

Ich hatte auch Gelegenheit, mit Eingeborenen des Hundssterns, der auch Sirius genannt wird, zusammenzutreffen. Der Hundsstern ist mit der Sonne verbündet. Damit erzähle ich gewiß niemandem etwas Neues, denn das Bündnis dieser beiden Gestirne, das Anfang August in seinen Zenit tritt, kostet den Erdenmenschen gehörige Portionen von Schweiß. Die Hundssternleute waren als Spähtrupp auf dem Mond gelandet, von mir aufgespürt und ins Gebet genommen worden. Die Hundssternler haben Gesichter wie riesige Bullenbeißer. Ihre Augen sitzen in den Nasenlöchern. Zum Schlafen benötigen sie keine Lider, sie bedecken ihre Augen einfach mit der Zunge, die übermäßig lang geraten ist. Gewöhnlich werden sie zwanzig Fuß hoch, aber mit diesem Maß sind sie immer noch um die Hälfte kleiner als die Mondbewohner. Während sich diese Menschen nämlich Mondmenschen nennen, führen die Hundssternler einen sehr abwegigen Namen. Sie heißen »kochende Geschöpfe«, denn die Hundstagshitze, die in ihrer Heimat ständig herrscht, hält ihr Blut immer kochend heiß.

Dadurch genießen sie einen besonderen Vorteil: sie erhitzen die Speisen durch sich oder besser gesagt in sich selbst. Sie bewerkstelligen das in der Weise, daß sie ihre linke Seite aufklappen wie das Bratrohr in einem Herd und dann die Speisen in den Magen schieben. Dieses höchst einfache Verfahren brauchen sie außerdem nur einmal im Monat durchzuführen, weil die Selbstkochung durch den menschlichen Körper die Nahrung weit besser auszuwerten vermag als unser unterkühlter irdischer Magen. Die Hundssternler essen also nur zwölfmal im Jahr, was freilich die Fresser und Schlemmer auf unserer schönen Erde bedauern werden. Wer aber einer mehr spartanischen Lebensweise zugetan ist, dem kann geraten werden, auf den Sirius auszuwandern.

Eines nun haben die Mondmenschen mit den kochenden Geschöpfen gemeinsam: Sie werden nicht geboren und haben auch keine Kindheit wie wir Erdenmenschen. Sie entstehen wie die Früchte auf den Bäumen und reifen auch wie diese heran. Diese Früchte gleichen Nüssen, nur sind die der Mondmenschen größer, die der kochenden Geschöpfe dafür wieder schöner in der Farbe und der Harmonie ihrer Formen. Die Blätter der Bäume, auf denen diese seltsamen Früchte wachsen, sind von einer zartrosa Tönung und erinnern an die menschliche Haut, so daß es erlaubt scheint, von Menschenbäumen zu sprechen. Nun läßt man sowohl auf dem Mond als auch auf dem Hundsstern die Nußschalen nicht von selber aufspringen. Vielmehr werden die Nüsse gepflückt, wenn sie reif geworden sind, was sich durch Dunkelwerden der Schalen anzeigt. Die Mondmenschen und die kochenden Geschöpfe werden nun in der Weise gewonnen, daß man die Nüsse in siedendes Wasser wirft. Die Schalen springen dann nach etwa einer Stunde auf, und die Menschen entsteigen der wallenden Flut wie die Nixen dem Rhein.

Es ist aber eine Besonderheit der »Menschennüsse«, daß man sie beliebig lange aufbewahren kann. Es werden also nur dann neue Menschen beziehungsweise kochende Geschöpfe aus ihnen gewonnen, wenn man neue benötigt. Gehen durch einen Krieg überdurchschnittlich viele Menschen zugrunde oder lösen sich allzu viele alte Menschen in Rauch auf – dies ist die Art des Sterbens auf Mond und Sirius – so entsteht doch kein großer Schaden dadurch: in den Vorratskammern liegen immer genug Nüsse bereit, um Tausende neue Mondbewohner oder Hundssternleute erzeugen oder, besser gesagt, erkochen zu können.

Einen Haken nun freilich hat die Sache. Der Inhalt der Menschennüsse ist nicht vollkommen gleich. Der Menschengeist, der in ihnen zur Entwicklung kommt, ist schon von der Natur vorgebildet. Die eine Nuß enthält einen Soldaten, die andere einen Wissenschaftler oder Dichter, die dritte einen Bauer und eine andre wieder einen Handwerker. Es gibt Gutsbesitzernüsse und Juristennüsse, Ärztenüsse und Pfarrernüsse, mit einem Wort, die Zahl der Nußarten entspricht genau der Zahl der Menschentypen. Wie wunderbar, mag man denken, habe die Natur auf dem Mond und dem Hundsstern doch alles eingeteilt, doch halt ...

Es ist auch die Natur in ihrer scheinbaren Vollendung immer noch irgendwo unvollendet, und wer meint, am Ende müsse sich die ganze Welt zur Vollkommenheit entwickeln kraft eines Naturgesetzes, der irrt, wie das Beispiel vom Mond und Hundsstern zeigt. Man kann nämlich den Nüssen an der Schale nicht ansehen, welchen Kern sie bergen, der Griff in das Vorratslager durch den beamteten Nußknacker wird vom reinen Zufall gelenkt. So kann es vorkommen, daß ausgerechnet lauter Gelehrte und Dichter aus dem brodelnden Wasser steigen, wenn man Soldaten braucht, was die Kriegsgefahr bedeutend erhöht, weil bekanntlich mehr Kriege von schreibenden Leuten als von Generälen angezettelt worden sind.

Welche Plage ferner ein Überfluß von Juristen bedeutet, brauche ich nicht weiter auszumalen, und wenn auf jeden Mondmenschen ein Arzt entfällt, vermindert das zwar die Krankheiten, fördert aber die Furcht vor ihnen. Hingegen wirkt ein plötzliches Anwachsen der Zahl der Bauern im Sinne der bestehenden Ordnung, denn Bauern gehen allem Neumodischen nicht so schnell auf den Leim.

Trotzdem wäre es von großem Vorteil für die Harmonie des Lebens auf beiden Gestirnen, wenn es gelänge, ein Verfahren zu entwickeln, mit dessen Hilfe man den Inhalt der Nüsse schon von außen erkennen kann. Ein Gelehrter arbeitet bereits an einer erfolgversprechenden Methode. Doch es gibt auch Warner, ein Diktator könnte sich die Möglichkeit, Menschentypen seiner Wahl aus den Nüssen herauszuknacken, zunutze machen und so ein System von Herrn und Sklaven schaffen, wie es bisher auf den beiden Gestirnen völlig unbekannt war.

Eines Umstandes muß ich noch besonders gedenken. Die wichtigsten Teile des Körpers der Mondmenschen wie auch der kochenden Geschöpfe sind auswechselbar, es ist also zum Beispiel möglich, ein Auge herauszunehmen, zu reinigen oder durch ein anderes zu ersetzen. Die Leute tauschen die Augen auch untereinander aus, und es herrscht ein regelrechter Handel mit Augen. Einmal sind grüne, dann wieder rote, gelbe oder blaue Augen Mode. Wer Geld braucht, stellt dann sein zufällig Mode gewordenes Auge gegen einen guten Preis dem Meistbietenden zur Verfügung, indes er sich selbst das unmodern gewordene Auge einsetzt. Auch mit Händen und Füßen kann man so verfahren, jemand, der über genügend Kapital verfügt, hat keine Ursache, sich über den Verlust eines seiner Gliedmaßen zu grämen.

Natürlich ist auch der Kopf als Ganzes abschraubbar, doch hat es damit noch eine besondere Bewandtnis. Während nämlich die erstgenannten Körperteile nicht für sich allein bewegungsfähig sind, ist es den Mondmenschen und kochenden Geschöpfen möglich, den Kopf selbständig irgendwohin zu schicken und den Körper zu Hause zu lassen. Der Kopf, vom Körper abgeschraubt, kann auch in dieser Form besser denken, und bei den Zusammenkünften der Gelehrten sind nur Köpfe zugegen. Umgekehrt pflegen diese Leute ihren Kopf auch zu schonen, wenn sie dem Körper eine heftige Bewegung zumuten müssen. Sie schrauben dann ihren Kopf ab und legen ihn beiseite.

Dies ist auch ein probates Mittel gegen die Dummheit. Entsteht in einem größeren oder kleineren Zirkel das Gefühl, daß sich jemand anschickt, eine Dummheit zu sagen, dann empfiehlt man ihm: »Leg deinen Kopf beiseite.« Man stelle sich vor, auf Erden würde es auch eine so weise Einrichtung geben wie den abnehmbaren Kopf. Wie viele Dumm

heiten junger und alter Leute wären dann der Menschheit erspart geblieben, wieviel einfältige Gedanken und törichte Streiche, blöde Späße und dumme Geschichten. Doch ich höre den Einwand: so viel Gescheitheit, wie sie in einer Welt ohne Dummheit herrschen müßte, wäre auch nicht zu ertragen. Wollen wir die Erde nicht doch lieber so haben wie sie ist, unvollkommen, aber voll Sehnsucht nach Vollkommenheit?

Ich überlasse das Urteil meinen Zuhörern. Bemerken möchte ich nur, daß ich auf dem Mond eine einzige Unvollkommenheit antraf, und zwar betrifft sie den Wein. Es mag noch hingehen, daß die Traubenkerne so groß sind wie Hagelschloßen. Ich vermute, nebenbei bemerkt, sehr stark, daß die Hagelkörner auf der Erde nichts anderes sind als die Kerne der mondlichen Weintrauben, die von den Weltraumstürmen von ihren Reben abgeschlagen werden. Aber daß der Mondwein dem Geschmack nach so manchem Weine ähnlich ist, der von irdischen Weinhändlern vertrieben wird, das hat mich sehr enttäuscht. Vielleicht benützen die irdischen Weinpantscher die Mondtraubenkerne, die als Hagel auf die Erde sinken, zur »Aufbesserung« ihrer Sorten. Prost, meine Herren, das Weinchen, das vor Ihnen in den Pokalen schimmert, stammt garantiert nicht von Mond-Weintrauben!

Ich gestehe, daß meine Erzählungen in vielen Ohren sehr unglaubwürdig klingen dürften. Aber ich stelle jedem frei, der nur die geringsten Zweifel hegt, sich selbst auf den Mond zu begeben und sich zu überzeugen, ob ich die Wahrheit gesprochen habe.

Ich wünsche einem solchen Mondreisenden dann nur noch, so glatt wieder auf der Erde landen zu können, wie es mir beschieden war. Nachdem ich nämlich alles genau in Augenschein genommen hatte, entschloß ich mich, den Antrag des Mondkönigs anzunehmen und in seine Armee einzutreten. Ich begab mich nur noch an Bord zurück, um dort meinen Reisekoffer mit den paar für den täglichen Gebrauch notwendigen Kleinigkeiten abzuholen. Denn verschiedene, für Menschen wichtige Dinge wie Zahnbürsten, Haarpflegemittel, ja sogar Kleider – Mondmenschen und kochende Geschöpfe gehen unbedeckt – sind auf dem Mond nicht erhältlich. Die abnehmbaren Gliedmaßen erlauben es, alle Teile des menschlichen Körpers mit Methoden sauberzuhalten, wie man sie auf der Erde zum Schrubben der Zimmer anwendet.

Im Augenblick nun, da ich das Deck des Seglers betrat, erhob sich ein gewaltiger Sturm, der uns zur Erde zurückbrachte. Wir erreichten diese einige Meilen nördlich von Schottland und waren so der langen Rückreise von der Südsee enthoben. Mein Verwandter pflegte in späteren Jahren zu scherzen, daß die kürzeste Route von Insulinde nach London über den Mond führe.

Auf dem Grunde des Ätna

Nach dieser Mondfahrt war mein Reisehunger für einige Zeit gestillt, und ich gab mich den Freuden des Lebens auf einem englischen Landsitz hin, wohin Freunde mich eingeladen hatten. In der Bibliothek des Herrenhauses fiel mir ein Buch über Sizilien in die Hände, das mich ungemein fesselte und in mir den Wunsch wachrief, den feuerspeienden Berg Ätna, das Wahrzeichen der Insel, zu besteigen. So sagte ich meinen lieben Gastgebern Lebewohl und schiffte mich nach dem Mittelmeer ein.

Auf der Fahrt dorthin fiel mir nichts Merkwürdiges auf, wobei ich das Wörtchen »mir« betone. Meine Mitreisenden mögen ja Erlebnisse gehabt haben, von denen sie ein ganzes Leben lang zehren. Wenn ich an die furchtbaren Stürme denke, die uns an den Säulen des Herkules zu zerschmettern drohten, die Seeräuberüberfälle an der Berberküste und schließlich eine Begegnung mit den Ungeheuern Skylla und Charybdis, die die sizilische Meerenge bewachen. Für mich aber waren das alles nur harmlose Abenteuer, und das ebengenannte Paar, das meinem weltreisenden Vorgänger Odysseus noch so hart zugesetzt hatte, erwies sich mir gegenüber als ausgesprochen umgänglich. Nun ja, die Charybdis, mit der ich es bei der Landung auf der Nordspitze von Trinakria zu tun hatte – verzeihen Sie, mit meinen Gedanken bin ich jetzt schon ganz in der Antike, in der das heutige Sizilien Trinakria hieß —, nun also, diese Charybdis ist eine Dame, und beim weiblichen Geschlecht bin ich, wie schon einmal bemerkt, eben immer der Hahn im Korb. Frau Charybdis dürfte auch ihren Skylla bewogen haben, mich frei passieren zu lassen, und so kam ich ungehindert am Fuße des Ätna an, der bekanntlich seine Zehenspitzen in das Meer taucht.

Dort quartierte ich mich erst einmal in einer Bauernhütte ein und genoß das idyllische Leben in jenen gesegneten Landstrichen. Auch erkundigte ich mich über den besten und schnellsten Weg zum Gipfel des feuerspeienden Berges. Als ich dann eines Morgens sehr früh aufbrach, war ich fest entschlossen, auch unter Einsatz meines Lebens die innere Einrichtung dieser berühmten Feuerpfanne zu untersuchen und auszuforschen. Zu dieser Zeit war der Vulkan gerade in Tätigkeit, schon seit drei Wochen stieß er in regelmäßigen Abständen glühende Lava und riesige Dampfwolken aus, kein Mensch außer mir hätte es gewagt, gerade jetzt den Ätna zu besteigen.

Nach drei Stunden mühseligen Wanderns erreichte ich den Gipfel. Die Schilderung eines Vulkanausbruchs erspare ich mir, darüber hat jedermann schon viel gelesen und gehört, und ich möchte niemanden langweilen. Ich ging dreimal um den Krater herum, den man sich als einen ungeheuren Trichter vorstellen muß, und da ich erkannte, daß ich kaum klüger werden konnte, wenn ich meinen Spaziergang noch ein dutzendmal wiederholte, sprang ich kurz entschlossen in das Riesenloch hinein.

Anfänglich gestaltete sich mein Aufenthalt darin alles eher als angenehm. Ich glaubte mich in einem furchtbar heißen Schwitzkasten zu befinden, auch wurden ununterbrochen glühende Kohlen nach oben geschleudert, sie trafen mich an allen edlen und unedlen Körperteilen, und mein armer Leib war bald übersät von Quetschungen und Brandwunden.

So stark aber die Gewalt war, mit der die Kohlen heraufgeworfen wurden, so war doch die Schwere, mit der mein Körper hinuntersank, beträchtlich größer, und ich gelangte in kurzer Zeit zum Grund des Kraters. Das erste, was ich wahrnahm, war ein schreckliches Poltern und Fluchen. Ich schlug die Augen auf, die ich während der Fahrt in die Tiefe geschlossen hatte, und siehe da! – ich sah mich in der Gesellschaft des Gottes Vulkan und seiner riesigen Gesellen, der Zyklopen. Diese Herren, die ich schon längst in das Reich der Lüge verwiesen hatte, gleich dem Ungeheuerpaar an der sizilischen Meerenge, zeigten sich über alle Maßen lebendig. Sie stritten schon drei Wochen lang heftig miteinander, und darüber war alles in Unordnung geraten. Der Ätna spie Feuer, und sogar in der irdischen Welt entstanden Zänkereien ohne Zahl.

Mein plötzliches Auftreten stellte sofort Frieden und Eintracht wieder her. Vulkan hinkte – er lahmt bekanntlich auf einem Bein, das ihm sein Vater Jupiter in einer Zornaufwallung zerschmettert hatte – zu einem Schranke hin und holte Pflaster und Salben, die er mir mit eigener Hand auflegte. In wenigen Augenblicken waren alle meine Wunden geheilt.

Auch setzte er mir einige Erfrischungen vor, so eine Flasche Nektar und andere köstliche Weine, wie sie nur Götter zu trinken bekommen. Sobald ich mich etwas erholt hatte, stellte er mich seiner Gattin, Frau Venus, vor und befahl ihr sich meiner ein wenig anzunehmen.

Meine Herren, Worte reichen nicht aus, um Ihnen die Schönheit der

Gemächer von Frau Venus zu schildern. Nicht die kunstvollen Möbelstücke und Ruhebetten, nicht die prächtigen Wandbekleidungen und kostbaren Teppiche sind es, die den Eindruck von etwas Einmaligem und Unvergeßlichem hervorrufen, sondern eine zauberhafte, von Musik untermalte Stimmung, die durch ambrosische Düfte noch verstärkt wird. Frau Venus erwies sich als vollendete Gesellschafterin, bei der

man im Zweifel ist, ob man ihrem Geist oder ihrer Schönheit den Vorzug geben soll.

Später gesellte sich auch Herr Vulkan der Unterhaltung bei, und er erzählte mir allerlei bemerkenswerte Dinge über den Ätna. Er führte aus, daß dieser nichts anderes sei als eine Anhäufung der Asche, die aus seiner Esse ausgeworfen würde. Mit den Kohlenstückchen, die bisweilen aus dem Krater des Berges herauswirbelten, habe es eine geradezu drollige Bewandtnis. Er sähe sich nämlich oft gezwungen, seine ewig zankenden Leute dadurch zur Ruhe zu mahnen, daß er ihnen glühende Kohlenstücke an den Leib werfe. Diese fingen die Kohlenstücke mit großer Geschicklichkeit auf und schmissen sie durch den Kamin in die Welt hinaus. Die Streitereien dauern oft monatelang, und die Welt erfährt von ihnen durch die »Vulkanausbrüche«. Auch die Ausbrüche des Vesuvs bei Neapel gingen auf dieselbe Ursache zurück. Er besitze dort ebenfalls eine Werkstatt, die durch einen unterirdischen Gang mit dem Ätna verbunden sei. Wenn er nun jene Vesuvwerkstatt inspiziere, gebe es manchmal Streitereien mit dem dortigen zyklopischen Schmiedegesellen.

Mit der Zeit freundete ich mich sehr mit Frau Venus an, und unsere Zusammenkünfte waren von dem reizvollsten Geplauder ausgefüllt. Dies führte zu einem schrecklichen Eifersuchtsanfall ihres Gatten Vulkan. Mitten im Gespräch mit Frau Venus packte er mich, ohne weitere Erklärungen abzugeben, beim Kragen und beförderte mich in ein abgelegenes Zimmer. In dessen Mitte erhob sich ein kreisrunder Brunnen. Genau über das Brunnenloch hielt der starke, zürnende Gott mich schwaches Wesen und rief: »Undankbarer Sterblicher, kehre zurück in die Welt, aus der du kamst.«

Mit diesen Worten ließ er mich, ohne mir Gelegenheit zur Rechtfertigung zu geben, in den Abgrund fallen. Und wie gern hätte ich ihm noch versichert, daß meine Beziehungen zu Frau Venus nur in der Anbetung ihrer Schönheit und Klugheit bestanden. Natürlich weiß ich nicht, was Frau Venus für mich fühlte, ich möchte fast annehmen, daß sie mich liebte, aber sie sprach es nie aus. Ja, dies alles hätte ich sagen wollen, aber es kam infolge der heftigen Gemütsbewegung des eifersüchtigen Gottes leider nicht dazu.

Ich fiel und fiel und geriet während des Falls in immer größere Geschwindigkeit, so daß mir schließlich die Sinne schwanden. Aus meiner Ohnmacht wurde ich durch die Berührung mit eiskaltem Wasser unsanft aufgeweckt. Ich blickte um mich und fand mich mutterseelenallein inmitten eines ungeheuren Ozeans, der von den hellvioletten Strahlen einer untergehenden Sonne gespenstisch beleuchtet wurde. Ich kann seit frühester Jugend gut schwimmen, und so stellte ich mich schnell auf die neue Lage ein. Das Klima freilich unterschied sich leider sehr unangenehm von der in Vulkans Esse herrschenden Temperatur. Und als ich eine gute Weile auf den Wellen dahingeritten war, entdeckte ich in einiger Entfernung etwas, das wie ein großer Berg aussah. Ich hielt darauf zu und bemerkte, daß der Fels von dem gleichen Bestreben erfüllt war und sich seinerseits auch mir näherte.

Als wir uns dann begegneten, erkannte ich, daß es sich um ein mächtiges Eisgebirge handelte. Nach langem Suchen machte ich eine Stelle ausfindig, von der aus ıch die Spitze des schwimmenden Berges erklimmen konnte. Zu meiner größten Verzweiflung war aber auch von dort aus weit und breit kein Land zu sehen.

Ich war schon überzeugt, daß Vulkan mir einen furchtbaren Tod zugedacht habe, als kurz vor Einbruch der Nacht ein Schiff am Horizont auftauchte, schnell näher kam und hart an dem Eisgebirge vorbeimanövrierte. Ich rief es an, und ich wurde in holländischer Sprache aufgefordert, ins Wasser zu springen, man würde mich dann an Bord nehmen. Zum Glück beherrsche ich diese Sprache leidlich, so konnte ich alle Anweisungen ausführen. Ich wurde an Bord gezogen, und meine erste Frage galt der Weltgegend, in der ich mich befände. Man schien diese Frage ein wenig komisch zu finden, erteilte mir aber bereitwillig Auskunft. Und so erfuhr ich, daß das Meer, dem ich eben entstiegen war, jener Winkel der Südsee war, wo Eisgebirge schon die Nähe der Polarlandschaft verkünden.

Diese Eröffnung löste mit einem Schlag das ganze Rätsel. Es war nun klar, daß ich von dem Berge Ätna durch den Mittelpunkt der Erde bis in die Südsee gefallen war, ein Weg, der auf alle Fälle kürzer ist als der um die ganze Welt. Noch niemand hat ihn vor mir beschritten, und sollte ich Gelegenheit erhalten, diese Route ein zweites Mal zu nehmen, so verspreche ich schon jetzt, genaue Beobachtungen über sie anzustellen und der Welt alle Einzelheiten darüber mitzuteilen.

Die Offiziere des Schiffes, das mich aufgenommen hatte, waren begreiflicherweise neugierig zu erfahren, wie ich in dieses abgelegenste Meer der Welt gekommen war. Nachdem sie mich gelabt hatten, gab ich ihnen einen ausführlichen Bericht meiner jüngsten Erlebnisse. Ich muß leider feststellen, daß die Holländer ein recht grobes Volk sind. Als ich nämlich meine Erzählung beendet hatte, wollten sie sich schier ausschütten vor Lachen, ja später schimpften sie mich sogar einen Lügner. Da die Holländer mich indes sehr freundschaftlich aufforderten, sie auf ihrer Reise zu begleiten, mußte ich wohl oder übel gute Miene zum bösen Spiel machen. Ich lachte also kräftig mit und behielt den Ärger über den mir angetanen Schimpf bei mir.

Dann erkundigte ich mich, wohin die Reise gehe, und erfuhr, daß ich auf das Schiff einer Entdeckungsexpedition geraten war, die sich allerlei kühne Ziele gesteckt hatte. Erst einmal wollte sie die kürzlich von dem englischen Weltumsegler James Cook entdeckten Weltteile Australien und Tasmanien anlaufen.

Da hatte ich also wieder einmal Glück gehabt! An einer richtigen Entdeckungsexpedition teilzunehmen, hatte ich mir schon lange gewünscht. Bald erreichten wir die Botany-Bai, dort, wo Cook zum erstenmal australisches Land gesichtet und betreten hatte. Durch ein schmales Felsentor führt die Passage in eine breite, zauberhaft schöne Bucht, an der sich bereits einige englische Ansiedlungen befinden. Das kleine Dorf nennt sich Sidney. Ich erfuhr, daß seine Bewohner aus England deportierte Sträflinge sind.

Glückliche Sträflinge, sie wurden mit zauberhafter Schönheit und einen natürlichen Leben für ihre »Missetaten« bestraft. Ihre Verbrechen waren gar nicht so fürchterlich. Da man in England bereits gehenkt wird, wenn man einen Diebstahl begeht, dessen Schaden den Wert von einem Pfund übersteigt, haben die Übeltäter, die in diesen glücklichen Hütten hausen, höchstens Verbrechen »im Wert« von ein paar Schillingen am Gewissen, ein aus Hunger gewildertes Rebhuhn und so fort. Die Frauenspersonen, die man hierhergeschafft hat, drückt meist keine andere Schuld als ein verführerischer Blick auf Londons Straßen. Bei Gott, käme ich noch einmal zur Welt, ich wanderte nach der Botany-Bai aus! Australien würde ich zu keiner Strafkolonie, sondern zu einem Ruhesitz für verdiente Menschen machen!

Wir blieben nur drei Tage auf diesem gesegneten Stück Erde. Am vierten Tag nach unserer Abreise kam ein fürchterlicher Sturm auf, der in wenigen Stunden alle unsere Segel zerriß, unseren Bugspriet zersplitterte und die Bramstange umlegte. Sie fiel gerade auf das Kompaßhäuschen und zerstörte es vollständig. Jedermann, der zur See gefahren ist, weiß, was ein solcher Verlust für ein Schiff mitten im Ozean bedeutet. Wir hatten jede Orientierung verloren und wußten nicht, wohin uns wenden.

Endlich legte sich der Sturm, und ihm folgte eine gute Reise, die uns zu schneller Fahrt verhalf. Drei Monate lang durchfurchten wir so die Südsee, und logischerweise mußten wir bereits eine ungeheure Strecke zurückgelegt haben, als wir plötzlich an allem, dem wir begegneten, eine erstaunliche Veränderung bemerkten. Auch wir fühlten uns wie verwandelt. Wir wurden heiter und froh und witterten die herrlichsten Balsamdüfte in der Luft. Auch die See wechselte ihre Farbe, sie war nicht mehr grün, sondern weiß.

Bald nach diesen wundersamen Vorgängen tauchte eine Insel vor unseren Blicken auf. Wir hielten darauf zu und fanden einen geräumigen und tiefen Hafen. Als wir in Booten an Land gingen, bekamen wir Spritzer der weißen Flüssigkeit in den Mund, und wir stellten mit Erstaunen fest, daß es Milch war. Kaum hatten wir unsere Füße an den Strand gesetzt, fiel einer der Matrosen in Ohnmacht. Nun wußten wir, daß jener Matrose eine unwiderstehliche Abneigung gegen Käse hatte und leichenblaß wurde und sogar die Besinnung verlor, wenn er irgendwo auf Käse traf. Durch diesen Zwischenfall aufmerksam geworden, untersuchten wir den Boden, den wir betreten hatten, und fanden, daß er aus Käse bestand. Das ganze Eiland war gewissermaßen nur ein einziger großer Laib Käse, einer von der besten Sorte, einem Edamer vergleichbar oder einem Allgäuer.

Die Einwohner der Insel kannten daher auch keine Nahrungssorgen. Sie lebten hauptsächlich von Käse, und was sie bei Tag aufaßen, das wuchs in der Nacht wieder dazu. Wir sahen eine Menge Weinstöcke

mit großen Trauben, die, wenn sie gepreßt wurden, Milch gaben. Die Einwohner waren aufrechtgehende, schöne Geschöpfe von neun Fuß Größe. Sie hatten drei Beine und einen Arm und auf der Stirn ein großes Horn, das sie mit viel Geschick zu gebrauchen wußten. Sie hielten auf der Oberfläche der Milch Wettläufe ab und spazierten, ohne zu sinken, auf der Milch umher wie wir auf einer Wiese.

Auch wuchs auf dieser Insel – oder besser gesagt auf diesem Laib Käse – eine Sorte von Ähren, die wie Schwämme aussahen und in denen das Brot fertig gebacken lag und gleich gegessen werden konnte. Auch entdeckten wir auf unseren Streifzügen sieben Flüsse von Milch und zwei von Wein.

Wir setzten unsere Reise fort und erreichten nach sechzehn Tagen abermals eine Insel. Diese bestand aus einem schon recht stark vergorenen Weichkäse, den viele Feinschmecker dem Hartkäse vorziehen. Auf diesem Weichkäse wuchsen statt der Milben Tausende von Obstbäumen mit verschiedenen köstlichen Früchten wie Pfirsichen, Aprikosen, aber auch Obstsorten, die wir gar nicht kannten.

Diese erstaunlich großen Bäume waren ferner von Vogelnestern geradezu übersät. Unter anderem fiel uns ein Eisvogelnest auf, das so groß war wie die Kuppel der St.-Pauls-Kirche in London. Es war aus kleineren Bäumen zusammengeflochten, und es lagen wenigstens fünfhundert Eier darin, jedes so groß, daß es wohl an die zweihundert

Liter Inhalt haben mochte. Die Jungen darin konnten wir pfeifen hören. Wir schlugen ein solches Ei auf, ein ungefederter Piepmatz kam daraus hervor, der mindestens so groß war wie zwanzig ausgewachsene Geier in unseren Breiten. Kaum hatten wir das junge Tier in Freiheit gesetzt, kam die Vogelmutter wütend daher, packte mit ihren Klauen unseren Kapitän, flog mit ihm eine Meile auf die See hinaus, bläute ihn dann mit ihren Flügeln tüchtig durch und ließ ihn ins Wasser fallen.

Die Holländer schwimmen alle wie die Ratten, und dem Kapitän fiel es nicht schwer, wieder zu uns zurückzukommen.

Wir sahen uns dann auf der Insel noch ein wenig um und fanden da viele merkwürdige Dinge. So schossen wir zwei wilde Ochsen, die nur ein Horn haben, das ihnen zwischen den beiden Augen herauswächst. Es tat uns nachher leid, da wir hörten, daß die Einwohner sie zähmen und als Nutztiere verwenden. Ihr Fleisch soll vortrefflich sein, was den Eingeborenen aber nichts nützt, da sie nur von Milch und Käse leben.

Solche Nahrung macht natürlich auch den Menschen sanft und fromm, und in der Tat konnten wir an den Eingeborenen beider Inseln keine Anzeichen von Bosheit und Grausamkeit entdecken. Erst als wir nach dem Besuch der Weichkäseinsel auf unser Schiff zurückkehrten, fanden wir nicht weit vom Strand drei Leute, die mit den Beinen auf hohen Bäumen aufgehängt waren. Ich erkundigte mich, was sie begangen hätten, daß man sie so hart bestraft habe, und hörte, sie wären in der Fremde gewesen und hätten bei ihrer Rückkehr Lügen über ferne Länder erzählt. Ich fand die Strafe sehr gerecht, denn nichts ist mehr eines Reisenden Schuldigkeit, als bei der Wahrheit zu bleiben. Doch vielleicht waren die Armen gar nicht schuldig geworden und hatten die Wahrheit berichtet, die nur jene einfältigen Käseesser für Lügen hielten?

Ich war froh, daß wir bald die Anker lichteten, denn für mich bedeuteten die Käseinseln kaum das Paradies.

Im Magen des Walfisches

Als wir drei Tage lang weitergesegelt waren – wer weiß wo, denn wir besaßen noch immer keinen Kompaß –, kamen wir in eine See, die ganz tintig aussah. Wir kosteten das vermeintliche schwarze Wasser und siehe! – es war der vortrefflichste Wein. Die Offiziere mußten alle ihre Befehlsgewalt einsetzen, um zu verhindern, daß die Matrosen sich nicht berauschten.

Unsere Freude dauerte nicht lang. Wenige Stunden später sahen wir uns von Walfischen und anderen großen Tieren umgeben, von denen eines so gewaltig im Umfang war, daß wir selbst mit Zuhilfenahme meines Teleskops seine ganze Größe nicht überblicken konnten. Dabei war uns der Wal so nahe gekommen, daß wir keine Zeit mehr hatten, uns zur Verteidigung bereit zu machen, als er sein Riesenmaul aufsperrte. Er zog unser Schiff, so wie es war, in seinen Rachen zwischen die Zähne, die so groß waren, daß unsere Masten dagegen wie Streichhölzer wirkten. Nachdem er uns dort einige Zeit behalten hatte, schluckte er eine Unmenge Wasser und schwemmte unseren Dreimastsegler mit solcher Leichtigkeit in seinen Magen hinunter, als wär's ein kleiner Heringsbissen. Dort lagen wir so ruhig, als ob wir in einer stillen Bucht die Anker ausgeworfen hätten. Die Luft war etwas warm und unbehaglich, auch stieg uns ein häßlicher Geruch unangenehm in die Nase.

Wir entzündeten Fackeln, um uns in der Finsternis dieses Gefängnisses etwas umzusehen, und der Anblick, der sich uns nun darbot, verschlug uns fast den Atem. Wir sahen mehrere andere Schiffe, teils beladen, teils unbeladen, die dieses Geschöpf verschlungen hatte, von den Unmassen von Taurollen, Ankern, Booten, Barken ganz zu schweigen. Wir mußten, ob wir nun wollten oder nicht, uns in dieses grausame Schicksal fügen. Sonne, Mond und Sterne leuchteten uns nicht mehr und schienen uns für ewig verloren. Wir schaukelten in finsterer Nacht auf der Flüssigkeit, die den Magen des Tieres füllte. Der Wasserstand war nicht immer gleich, sondern wechselte. Wenn das Ungeheuer trank, hatten wir Flut, die sich allmählich wieder in Ebbe verwandelte. Nach unserer Berechnung nahm es bei einer einzigen Durstlöschung mehr Wasser zu sich, als der Genfer See enthält. Wir konnten auch die

Bewegungen des Tieres fühlen und beobachteten, daß es zweimal täglich zur Oberfläche des Meeres hinaufstieg und zweimal sich zum Meeresboden niedersenkte.

Am sechsten Tag unserer Gefangenschaft in dem Fischmagen wagte ich es, bei Ebbe mit einigen Offizieren darin einen kleinen Streifzug zu unternehmen. Wir hatten uns einen gehörigen Vorrat an Fackeln mitgenommen und drangen mit großer Kühnheit vor. Wer beschreibt da unser Erstaunen! Wir trafen gegen zehntausend Menschen aller Nationen an. Sie beratschlagten eben, wie sie ihre Freiheit wieder-

erlangen könnten. Einige hatten schon mehrere Jahre im Magen des Tieres zugebracht. Sie hatten einen Befreiungsverein gegründet und einen Präsidenten gewählt, der ihre Versammlungen leitete. Eben als der Präsident sich anschickte, einen eingehenden Bericht über die Lage abzustatten, fing die Bestie zu trinken an. Das Wasser brach mit so ungeheurer Gewalt über uns herein, daß sofort jeder auf sein Schiff zurückkehren mußte. Viele entkamen der Sintflut nur durch Schwimmen. Ein wahres Glück, daß jeder diese Kunst beherrschte!

Bei der nächsten Ebbe trafen wir uns wieder. Nun wurde ich zum Präsidenten der Schiffbrüchigen, besser gesagt der »Walverschluckten«, gewählt. Dadurch kam frischer Wind in die Sache, denn ich bin nicht verlegen an guten Einfällen, wie man mir sicher gerne zugestehen wird. In der Tat unterbreitete ich der Versammlung einen Vorschlag, der einigermaßen Aussicht auf Erfolg versprach. Wir sollten, so schlug ich vor, zwei unserer größten Mastbäume zusammenfügen und diese, wenn das Ungeheuer seinen Rachen aufsperrte, zwischen Gaumen und Unterkiefer klemmen, um das Tier daran zu hindern, das Maul wieder zu schließen.

Mein Plan wurde unter allgemeinem Beifall angenommen, und hundert starke Männer wurden ausgewählt, ihn durchzuführen. Kaum hatten wir die Mastbäume zurechtgemacht, als sich schon auch Gelegenheit bot, ans Werk zu gehen. Das Ungeheuer gähnte, und sogleich keilten wir unsere zusammengesetzten Mastbäume in sein Maul, wobei wir sie gleich vorsichtshalber auch durch die Zunge hindurchzogen.

Durch das aufgesperrte Maul strömte nun das Wasser hemmungslos in den Magen hinab. Sosehr sich das Tier auch mühte, die Mastbäume zu zerknicken, es wollte ihm nicht gelingen. Sobald nun alles flott war, verabschiedeten wir uns von dem nachtdunklen und übelriechenden Gefängnis. Wir gingen in die Boote und ruderten durch den Walschlund ins Freie. Auch die Besatzungen der anderen Schiffe folgten unserem Beispiel.

Unser erster Wunsch war, zu erfahren, wo wir uns befanden. Da wir keine nautischen Instrumente besaßen, fiel uns die Orientierung nicht leicht. Doch gelang es mir endlich, meine Kameraden von ihrer Ungewißheit zu erlösen. Verschiedene Beobachtungen legten mir die Vermutung nahe, daß wir in das Kaspische Meer geraten waren, das ich von früheren Reisen her gut kannte. Da dieses Meer aber ein Binnenmeer ist und ganz von Land umschlossen, ergab sich die Frage, wie der Wal hiehergekommen war. Wir fanden dafür nur die einzige Erklärung, daß durch Rußland hindurch ein unterirdischer Gang zwischen den offenen Ozeanen und dem Kaspischen Meer bestehe und der Wal diesen benutzt hatte.

Wir hielten tüchtig aufs Ufer zu, und als erster ging ich an Land. Kaum hatte ich meinen Fuß aufs Trockene gesetzt, sprang ein dicker Bär mich an.

Ha, dachte ich, du kommst mir eben recht. Ich packte mit jeder Hand eine seiner Vorderpfoten und drückte sie zum Willkommen so herzlich, daß er greulich zum Heulen anfing. Ich aber, ohne mich dadurch rühren zu lassen, hielt ihn so lange in dieser Stellung, bis ich ihn zu Tode gehungert hatte. Dadurch setzte ich mich bei allen Bären in Respekt, und keiner kam mir mehr in die Quere.

Ich reiste von hier nach Petersburg und bekam dort von einem alten Freund ein Geschenk, das mir große Freude machte, nämlich einen Jagdhund, der von der berühmten Hündin abstammte, die während der Verfolgung eines Hasen, wie ich schon erzählte, Junge warf. Leider wurde er bald darauf von einem Jagdgefährten erschossen, der irrtümlich den Hund traf statt einer Kette von Rebhühnern.

Ich ließ mir zum Andenken aus dem Fell des Tieres eine Weste machen, in der sich seine wunderbaren Instinkte sozusagen verewigten. Ich trage diese Weste immer, wenn ich zur Jagd gehe, denn sie zieht mich mit magischer Gewalt stets dahin, wo Wild zu finden ist. Damit nicht genug. Bin ich auf Schußweite ans Wild herangekommen, springt ein Knopf der Weste ab und fliegt genau auf die Stelle hin, an der es sich befindet. Dadurch entgeht mir auf der Jagd kein einziges Beutestück, denn eine Kugel habe ich immer im Lauf und Pulver stets auf der Pfanne. Augenblicklich habe ich nur noch drei Knöpfe übrig, aber wie die Jagdzeit angeht, soll die Weste wieder mit zwei Reihen besetzt sein.

Besuchen Sie mich dann, meine Herren, an Unterhaltung wird es Ihnen nicht fehlen.

Die Freundesrunde erhob sich. Man stand, nachdem der Baron bereits sein Zimmer aufgesucht hatte, noch ein wenig in angeregtem Geplauder beisammen. Wieder meldeten sich Zweifler an den Geschichten des Barons, doch fanden sich auch Fürsprecher und Verteidiger. In einem Punkt aber herrschte Übereinstimmung: die Abende am Kamin auf Schloß Bodenwerder seien in der Tat eine wunderbare Unterhaltung. Wieso man sich aber so gut unterhalte, wenn die Geschichten des Barons gar nicht wahr seien, wollten einige wissen.

Einer der Bewunderer des Barons erklärte dies so:

»Mit der Wahrheit hat es so seine eigene Bewandtnis. Sie ist sehr schmucklos und so einfach, daß man sie leicht übersieht, genau wie das bescheidene Gänseblümchen, das von dem Glanz der prächtigeren Blumen überstrahlt wird. Natürlich kann auch ein Gänseblümchen dem, der die Größe unserer Schöpfung gerade im Einfachen sieht, unendlich viel Anregung schenken. Die Mehrzahl der Menschen freilich fühlt sich vom Unglaubwürdigen mehr angezogen.«

Da ertönten Stimmen:

»Der Baron hat uns also schändlich betrogen! Statt uns das verborgene Bild der Welt zu enthüllen, hat er auf unsere Lebenslüge neue Lügen gepfropft.«

Der Verehrer des Barons lächelte:

»Meine Herren, wie unrecht tun Sie Münchhausen. Sie sollten ihm dankbar sein, daß er Ihnen mit seinen Geschichten die größte Lehre erteilt hat, die es auf Erden überhaupt gibt, die größte Wahrheit zugleich ...«

»Das geht über unser Fassungsvermögen«, tönte es in der Runde, »daß der Lügenbaron der Verbreiter der größten Wahrheit sein soll.«

Und also beschloß der Bewunderer Münchhausens die denkwürdige Sitzung:

»Die Geschichte der Menschheit ist voll von Beweisen, daß es nicht schwer ist, eine Wahrheit umzubringen. Eine gute Lüge ist unsterblich!«

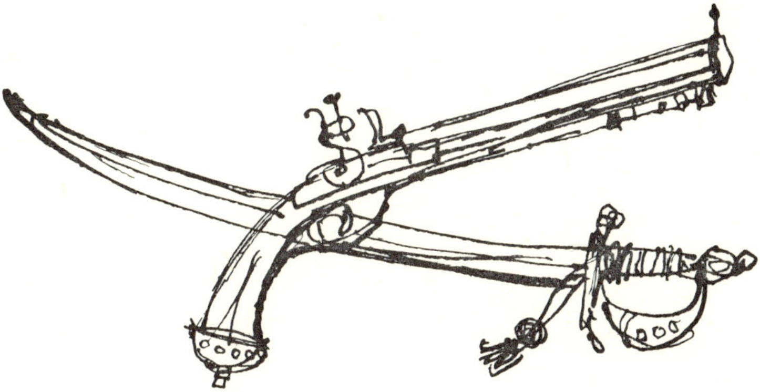

Inhalt:

Die weiteren Abenteuer mit Blitz, dem Araberhengst

Von Walter Farley

Blitz sucht seinen Vater
Aus Spanien kommen drei Jährlinge nach Amerika. Stammen sie von Blitz?

Blitz und der Brandfuchs
Blitz und der Brandfuchs kämpfen gemeinsam gegen einen tollwütigen Vampir.

Blitz und Feuerteufel
Feuerteufel, ein Sohn von Blitz muß für ein wichtiges Trabrennen trainiert werden.

Blitz wird herausgefordert
Ist Feuerstrahl wirklich schneller als Blitz? Ein Rennen soll die Entscheidung bringen.

Blitz in Gefahr
Seine Freunde lassen nichts unversucht, um ihn aus der Gefahr zu retten.

Blitz und Pam
Ein wichtiges Rennen steht vor der Tür. Wird Pam es schaffen, auf Blitz zu gewinnen?

Tosa Verlag